W0195330

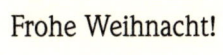

Frohe Weihnacht!

Frohe Weihnacht!

Schöne Geschichten zum Fest

benno

Bibliografische Information der Deutschen Nationalbibliothek
Die Deutsche Nationalbibliothek verzeichnet diese Publikation
in der Deutschen Nationalbibliografie; detaillierte bibliografische
Daten sind im Internetüber http://dnb.d-nb.de abrufbar.

Besuchen Sie uns im Internet:
www.st-benno.de

Gern informieren wir Sie unverbindlich und aktuell
auch in unserem Newsletter zum Verlagsprogramm,
zu Neuerscheinungen und Aktionen. Einfach anmelden unter
www.st-benno.de (newsletter@st-benno.de).

ISBN 978-3-7462-3501-1

© St. Benno-Verlag GmbH
04159 Leipzig, Stammerstr. 11
Zusammengestellt von Volker Bauch
Umschlaggestaltung: Ulrike Vetter, Leipzig
Gesamtherstellung: Kontext, Lemsel (A)

Inhaltsverzeichnis

Besinnung

im Advent

Das Hemd

SABINE WALDMANN-BRUN

*R*udolf Ignatius arbeitete auf dem Jugend-ámt der Stadt. Das sei wohl ein hartes Brot, hörte er des Öfteren, und es entsprach der Wahrheit; das damit ausgedrückte Mitgefühl vermochte ihn aber weder zu trösten noch die tiefen Knitterfurchen auf seiner Stirn zu glätten. Nun hatte ihn auch noch seine Freundin im Stich gelassen. „Wenn du nicht aufpasst, wirst du bald ein Gesicht wie ein Rübenacker haben", hatte sie oft ungehalten gesagt.

Und dann, an einem Novembermorgen vor nicht allzu langer Zeit, hatte Katie, die noch jung, schön und faltenfrei das Leben genoss, ihn einfach verlassen. Dass sie in seiner Gesellschaft noch trübsinnig werde, waren ihre letzten Worte gewesen. So trug Rudolf Ignatius in diesen fortgeschrittenen Dezembertagen nicht nur schwer an der Last seiner Arbeit, sondern auch noch eine grämliche Portion Liebeskummer mit sich herum. Das trübe Wetter tat ein Übriges, und er bewegte sich wie in einem zähklebrigen Zeitbrei voran, mehr dahintreibend als selbst gehend und mit einem Grauschleier, der sein Lebensgefühl beschattete. Dazu kam, dass er fast ständig fror.

In diesen Tagen geriet er außerdem pflichtgemäß von einer zur anderen Weihnachtsfestlichkeit. „Absitzen" war seine Devise für derlei Veranstaltungen. Absitzen, früh nach Hause und dann bald ins Bett.

Sein Bett schien ihm immer noch der für einen Rückzug am besten geeignete Ort zu sein; dort wurde es nach einer zähneklappernden Eingewöhnungsphase bald angenehm warm, und wenn er einmal eingeschlafen war, hörte er selbst das Telefon nicht mehr. Falls überhaupt jemand auf die Idee kam, ihn anzurufen.

Allerdings, das muss man hinzufügen, träumte er in letzter Zeit nicht gut. Da war zum Beispiel diese Szene in der Kantine gewesen: Im Traum stand er, wie an jedem Tag, in der langen Schlange, wie alle anderen mit Tablett, Besteck und Papierserviette bewaffnet. Ein stiller Dulder, der auf seine Portion des geschmacklosen, da meist zu lange gekochten Einheitsessens wartete. Nur langsam verringerte sich der Abstand zur Essensausgabe. Die Bewegungen des Schöpfens und der sich abwechselnden Angestellten waren immer gleich, auf eine zeremonielle Art automatisiert.

Schließlich hatte er die Theke erreicht, dann endlich war es soweit, nein, halt, es wäre soweit gewesen, aber er war übergangen worden! Schon wurde sein Nachfolger mit der gewohnten Bewegungsabfolge bedient, es ging weiter und weiter, aber er stand da, das leere Tablett in der Hand, an den Rand gedrückt, hungrig und hilflos.

Er wagte es, leise, vorsichtig, denn damit unterbrach er ja womöglich das zeremonielle Geschehen, die Frage zu stellen, ob er denn heute nichts zu essen bekäme.

Er erhielt keine Antwort. Als sei er Luft, nahm das Geschehen seinen Lauf, automatisch, grau und ohne Worte. Er fragte etwas lauter. Wieder gab es keine Antwort.

Schließlich stieg Zorn in ihm auf. Er fühlte sich wie ein Schuljunge behandelt, der in der Ecke stehen soll und schrie wütend: „Wird mir jetzt mal jemand eine Antwort geben? Warum bekomme ich nichts zu essen?" Und mit einem wütenden Hieb rammte er dem Nächststehenden seine Gabel in den Bauch.

An dieser Stelle war Rudolf Ignatius schweißgebadet erwacht.

Zwei Tage vor Heiligabend wurde er wieder in eine Weihnachtsfeier hineingeschwemmt, eine der langweiligsten, wie er schon vorher ahnte; eine, die sich gut im Halbschlaf verbringen ließ. Es handelte sich um die alljährliche Mitarbeiterweihnachtsfeier, in der jedes Jahr neu der klägliche Versuch misslang, die beruflichen Tiefschläge des Jahres einmal ganz beiseite zu lassen und ein fröhliches Fest zu feiern.

Wie üblich fand die Veranstaltung im städtischen Weinkeller bei schummriger Beleuchtung statt, und es waren so viele Angestellte geladen, dass er in einer Ecke des Restaurants unerkannt untertauchen konnte.

Zumindest war dies auch heute sein Ansinnen gewesen, aber der beginnende Schlummer verzögerte sich durch die Ankunft einer Dame mittleren Alters. Wenn er später an sie zurückdachte, so hatte ihre Erscheinung wie eine weiche, fliederfarbene Wolke gewirkt, wohlriechend und warm. Ein wenig erinnerte die Frau ihn an Schilderungen, die ihm früher in Märchen begegnet waren, wenn es um liebevolle, allseits beliebte Kindermädchen ging. Sie grüßte freundlich und auf eine charmante Art zurückhaltend, bevor sie sich weich auf dem ihm am nächsten stehenden Stuhl niederließ.

Rudolf Ignatius ließ die Veranstaltung an sich vorbeiplätschern, und auch die Wolkendame hüllte sich in vornehmes Schweigen, das sie nur dann und wann mit einem teilnahmsvollen Nicken untermalte oder für ein Lob unterbrach. Auch schien von ihr eine gewisse warme Wohligkeit auszugehen, sodass es dem Dahindämmernden ein wenig wärmer ums Herz wurde.

„Wenn ich nur wüsste, in welcher Abteilung sie arbeitet", dachte er, als sein Chef gerade eine zwar groß angelegte, aber nichtssagende Rede in Angriff nahm. „Vielleicht könnte ich ihr ja diesen und jenen Fall übertragen, sie hat etwas so Mütterliches …?"

„Mein lieber Rudolf", unterbrach ihn plötzlich, aber vorsichtig ihre Stimme, und an dem Päckchen, das sie in der Hand hielt, erkannte er, dass es an die Bescherung ging. Ach ja, richtig, man hatte ja wieder einen Julklapp organisiert, dieses alte, schwedische Spiel, bei dem man einen Namen zog und dessen Träger beschenkte. Aber hatte er überhaupt einen Zettel mit seinem Namen in das Körbchen gelegt, das damals durch die Abteilung gereicht worden war?

„Dieses Paket ist für dich", sagte die Wolkendame wie eine Lottofee bei der Zuteilung des ersten Preises. „Ich weiß doch, dass dir so oft kalt ist. Es kann nicht gut sein, wenn man friert." Und bei dem letzten Satz wiegte sie besorge den Kopf.

„Ähm, ja, danke schön!", stotterte Rudolf Ignatius mit zunehmender Begeisterung, kam sich ein wenig überrumpelt vor und wusste nicht, was er sagen sollte.

Aber er musste wieder einen Augenblick still sein, denn auf dem zu Ende gehenden Programm stand das Schlusslied des Sekretärinnenchors. Gleich danach begann das allgemeine Geschiebe und Gedränge des Aufbruchs, in dem er seine wolkige Nachbarin aus den Augen verlor. Schließlich stand er wieder allein in der Dunkelheit der Bushaltestelle, in der rechten Hand den diesmal glücklicherweise nicht vergessenen Regenschirm, in der linken Hand das in dunkelblaues Sternchenpapier eingewickelte Paket.

Im Bus betastete er es vorsichtig. Weich war es, rundherum. Vielleicht ein Paar Socken? Aber das Paket sollte die Überraschung noch ein wenig für sich behalten, bis er sein Zuhause erreicht hatte.

Wie sich dort herausstellte, hatten nicht seine Füße Grund zur Freude, sondern die Regionen seines Herzens: Rudolf Ignatius befreite ein feinwolliges Unterhemd aus dem Geschenkpapier. Schien es ihm nur so, oder ging tatsächlich ein leiser Lavendelduft davon aus? Er freute sich wirklich, zumal er nicht zu den Söhnen gehörte, die schlechte Erinnerungen an überfürsorgliche Mütter mit sich herumtragen. Ganz im Gegenteil, seine Mutter war eher ein wenig nachlässig gewesen, was die Kindererziehung anging – oft genug hatte er sich erkältet, wenn der einzige Schal im Winter wochenlang in der Wäsche verweilte oder die Handschuhe nicht auffindbar waren.

Er trug das Hemd, wie man einen Schatz trägt, zu dem kleinen Spiegel im Bad, blätterte sich aus Weste und Pullover und schlüpfte hinein. Er stellte befriedigt fest, dass das Hemd wie angegossen passte.

Woher dieses lilawolkige Frauenzimmer wohl seine Hemdengröße gewusst hatte? War sie ihm überhaupt schon einmal bei der Arbeit begegnet? Er konnte sich einfach nicht erinnern, so tief er seine Stirn auch in Falten legte.

Rudolf Ignatius beschloss, das Hemd über Nacht anzubehalten. Die Wärme, die sich im Bauchbereich, in seinem geplagten Rücken und in der Herzgegend auszubreiten begonnen hatte, mochte er nicht wieder abstreifen.

Er grub sich tief in seinem Bettzeug ein und versank bald in einen angenehmen Schlummer. Diesmal träumte er von warmem Meerwasser, einem sich hoch darüber wölbenden, lavendelfarbenen Himmel und dass er auf einer silberhellen Eisbahn, direkt am Strand des sommerlichen Meeres, leicht dahinglitt.

Große, bunte Vögel gingen im Sand spazieren, und hier und da konnte man Menschen sehen, die er kannte, die ebenfalls angenehmen Beschäftigungen nachgingen. Dort drüben, war das nicht das fünfzehnjährige Mädchen, das gestern erst bei ihm auf dem Amt vorstellig geworden war? Hier schaute es gar nicht mehr so bockig und elend aus wie gestern.

Wie eine Portion Wohlbefinden doch ein Menschengesicht verändern konnte! Und war da nicht …

Das penetrante Schnarren des Weckers erinnerte Rudolf Ignatius daran, dass es Zeit war, aufzustehen und sich den Erfordernissen des Tages zu widmen.

Im Büro nahm alles seinen gewohnten Gang.

Am Tag vor Heiligabend waren seine Klienten nicht froher als sonst. Ganz im Gegenteil: Die süßen Plätzchen-und-Familienidyll-
Erwartungen der Menschen schienen in diesen
Tagen ein besonderes Maß an Enttäuschung
und Streitlust zu provozieren. Leider zeigte es
sich immer wieder, dass die traditionellen Fa-
milienkonflikte auch durch Kerzenschein nicht
gelindert werden konnten.

Im Laufe des Vormittags geschah es dann, dass
Rudolf Ignatius auf der Stirn seines im gleichen
Zimmer arbeitenden Mitarbeiters ein ähnliches
Faltenspiel beobachtete, wie Katie es vor nicht
allzu langer Zeit in seinem eigenen Gesicht be-
mängelt hatte. Es lag ihm fern, das Geknitter
mit einem Rübenacker zu vergleichen, aber
vielleicht war es ja möglich, dass auch Peter
Boll die Arbeit über den Kopf wuchs?

Und wer konnte es wissen, vielleicht hatte ja
auch er Kummer im Privatleben?

Gut gewärmt und damit offenherziger als sonst
glaubte Rudolf Ignatius, so etwas wie Überan-
strengung aus der Stimme seines Mitarbeiters

herauszuhören, einen Zustand, der nicht erst heute zutage trat, sondern, wenn er zurückdachte, schon seit geraumer Zeit sichtbar war. Allerdings hatte er bisher zu viel mit sich selbst zu tun gehabt.

„Sag mal, Peter", begann er unter Ansammlung aller Mutreserven und unterbrach damit das dumpfe Bürobrüten für einen Augenblick, „wollen wir nicht heute Abend zusammen eine Lasagne essen gehen?"

Der Angesprochene brauchte eine Weile, bis sich die Wärme der Einladung durch seine Gedankenfalten hindurchgepflügt hatte, aber dann war er begeistert.

„Ja, äh, doch, eine famose Idee!", beeilte er sich zu entgegnen, und so kam es, dass sich an diesem Abend zwei Männer bei einer Lasagne vorzüglich unterhielten.

Als Rudolf Ignatius später auf dem Heimweg noch einmal genüsslich die warme Traulichkeit des Abends nachklingen ließ, fragte er sich, warum ihm nicht schon früher die Idee gekommen war, wieder einmal mit seinen Mitarbeitern einen Teil der Freizeit zu verbringen. In der Zeit mit Katie schienen die alten Freundschaften alle etwas eingestaubt zu sein. Das sollte jetzt ein Ende haben. Es war, als sei er nach einer langen Zeit des Winterschlafes wieder erwacht, obschon der natürliche Winter noch andauerte. Der Winter in seinem Herzen dagegen schien leise zu Ende zu gehen. Das Geschenk des Hemdes hatte doch allerlei ausgelöst. Was solch ein schlichtes Wollhemd vermochte! Gewiss war es mit für die Veränderungen verantwortlich!

Und dann war der Heilige Abend da, und weil er auf einen Donnerstag fiel, war nur ein halber Arbeitstag zu bestreiten.

Wenn auch die Kundschaft problembeladen wie stets antrat und das Hilfen- und Antwortfinden sich schwierig wie immer gestaltete, stellte Rudolf Ignatius fest, dass zumindest das abendliche Gespräch des Vortages sich äußerst positiv auf die Stimmung im Büro auswirkte.

Und dann war Feierabend mit der erfreulichen Aussicht auf immerhin drei freie Tage.

Rudolf Ignatius beschloss, zur Feier des Tages in die

Kirche zu gehen. Zwar hatte er immer das Gefühl gehabt, dass es in dem großen, steinernen Gebäude der Stadtkirche noch kälter sei als draußen, aber heute würde ihn ja sein Hemd wärmen. Seit langem war er der Meinung, dass die Kirchgänger ein recht eigenartiges Völkchen seien. Und auch heute konnte er sich dieses Eindrucks nicht erwehren, denn es schienen im Kirchenschiff ungeschriebene Regeln zu gelten: dass in einer Bank nicht mehr als maximal drei Personen Platz nehmen dürften, dass Gespräche mit Unbekannten zu vermeiden seien und dass dem Gesang nur leise, für andere unhörbar, nachzukommen sei. Er ließ sich schüchtern in einer der hinteren Bänke nieder und beschloss, die Sache erst einmal auf sich zukommen zu lassen. Er hätte sich sehr einen Begrüßer mit warmem Lächeln gewünscht, der ihn mit sich in eine der vorderen Reihen gezogen hätte. So wäre ein wenig mehr Zugehörigkeitsgefühl möglich geworden. Aber es geschah nichts dergleichen.

Schließlich nahm der Gottesdienst mit einem relativ wohlklingenden Orgelgewitter, das über seinem Kopf von der Empore herabbrauste, seinen Anfang. Was danach folgen würde, kannte er schon aus den letzten Jahren.

Als Sozialarbeiter hatte ihn schon immer die Geschichte von der erfolglosen Herbergssuche des Heiligen Paares besonders angerührt. Übrigens eine Unverschämtheit des Wirtes, die Schwangere in den Stall zu schicken. Damit war diesem Gott ja ein dürftiger Ort für sein In-die-Welt-kommen ausgesucht worden. Gewiss hatte das Jesuskind erbärmlich gefroren.

Rudolf Ignatius hatte die Reste seines Kinderglaubens gerne in das Erwachsensein herübergerettet. Es war ihm allerdings nie gelungen, genug Zeit für weitere Ergänzungen aufzubringen. Seine Blicke schweiften durch das Kirchengebäude. Er fühlte sich plötzlich sehr müde. Die letzten Tage waren doch recht anstrengend gewesen, und nun hatte er mit der Schwere seiner Augenlider zu kämpfen. An der Wand des Seitenschiffes links verweilten seine Augen. Dort konnte er einen gemalten Fries erkennen. Eine Weihnachtsszene, ja, unverkennbar: Ochs und Esel; na, die durften nicht fehlen. Es hatte wahrscheinlich auch nicht allzu gut gerochen in diesem Stall. Und dann das Gedrängel um die Krippe herum. Er war nun wirklich müde. Mit den Augen blinzelnd sah er drei Gestalten in dicken Mänteln dastehen, na also, es war kalt gewesen. Wahrscheinlich die Hirten. Ein wenig schäbig sahen sie ja aus, er kannte dieses Erscheinungsbild von seinen wohnungslosen Klienten, die sich auf der Straße und unter Brücken durchzuschlagen versuchten. Dann standen da Maria und Joseph, na, die Könige wie üblich, mit Geschenken beladen, dummes Zeug eigentlich, Weihrauch mitzubringen, ein kräftiger Kalbsbraten für die junge Mutter wäre gewiss nützlicher gewesen. Und oben natürlich ein paar Engel, einer davon mit großen Flügeln, ein anderer ein bisschen dicklich. Komisch, dieser zweite Engel sah aus wie eine ältere Dame, wie eine weiche Wolke, die sich warm auf das Geschehen herabsenkte; hatte er recht gesehen? Die Entfernung war wohl einfach zu groß, da konnte man sich täuschen. Er kniff die Augen zusammen.

Inzwischen war die Predigt in vollem Gange, aber er hatte Mühe, zuzuhören. Überhaupt fiel es ihm schwer, die Augen offenzuhalten.

Er starrte auf das Kruzifix über dem Altar. Es war ein großes, hölzernes Kreuz mit dem Gekreuzigten, der aber nicht, wie er es sonst aus Kirchen gewohnt war, gequält hängend, schmerzerfüllt den Kopf geneigt hielt. Diese Figur weckte eher den Eindruck eines starken Lebendigen, eines, der sich nicht unterkriegen lässt. Irgendwo hatte Rudolf Ignatius einmal gehört, dass es Karfreitags- und Osterkreuze gäbe, wobei in letzteren bereits die Auferstehung zu erahnen sei. Das hier musste ein solches sein, denn Traurigkeit war nicht darin. Eher Mut und Kraft.

Mit schweren Lidern betrachtete er die Gestalt, und plötzlich schien es ihm, als stehe dieser Jesus vor ihm, breite die Arme weit aus, wie einer, der einlädt und sich über den Gast freut. Ganz so, wie er es sich beim Hereinkommen in die Kirche erträumt hatte. War es eine Täuschung oder hörte er die Worte: „Kommt her zu mir

alle, die ihr friert, ich will euch wärmen!"? –
Natürlich, das musste der Pfarrer zitiert haben,
denn gerade war die Predigt zu Ende gegangen.
Wieder setzte die Orgel zum Gewitter an, voll
und wohltönend. „Dies ist die Nacht, da mir er-
schienen des großen Gottes Freundlichkeit …",
hörte Rudolf Ignatius, und diesmal schien die
Gemeinde sich mitzufreuen, denn er hatte keine Schwierigkeiten, den Text zu verstehen. Wo
war eigentlich sein Gesangbuch? Jetzt war er
wieder hellwach.

Obwohl er keinen kannte und ziemlich weit hinten saß, hatte er sich angesprochen gefühlt. Überhaupt, wie wäre es, wenn er auch heute nicht
allein äße, sondern sich jemanden dazu einladen
würde? Für einen Anruf bei seinen Kollegen war
es allerdings zu spät. Aber was war mit einem
von den vereinzelten jungen Leuten, die da in
den Bänken vor ihm saßen und genauso allein
und ohne Anschluss zu sein schienen wie er?
Das wäre eine Alternative zu einem einsamen
Heiligabend und frühen Verschwinden im Bett.
Nachdem die letzten Töne von Lied, Segen und

guten Wünschen verebbt waren und ein glöck-
chenklingelleichtes Orgelnachspiel erklang, fasste er sich ein Herz und sprach beim Hinausgehen
den jungen Mann vor ihm an. Er war erstaunt zu
hören, dass dieser die anschließende Weihnachtsfeier im Gemeindehaus besuchen würde. Dazu
wurde auch Rudolf Ignatius jetzt eingeladen. Als
er später in fröhlicher Runde ein Hühnerbein mit
Kartoffelsalat verzehrte, dachte er bei sich, dass
es schon erstaunlich sei, was ihm da widerfuhr.
Nur ein paar Tage zuvor hätte er sich lieber im
Bett vergraben, als die Fülle der Weihnachtsfeiern über sich ergehen zu lassen. Auch hätte er
diese Gemeinde, vom ersten Eindruck her bese-
hen, keinen solch gelungenen Abend zugetraut.
„Es muss etwas mit dem Hemd zu tun haben,
dass es mir wieder so gut geht", dachte er sich.
Seit er dieses Geschenk erhalten hatte, schien
sich sein Leben zu verändern. Seit er es trug,
hatte seine Einsiedelei ein Ende.
Ein wenig verwundert war er darum dann
doch, als er spät abends zufrieden sein Badezimmer betrat, um sich die Zähne zu putzen.

Da lag das Hemd, die vermeintliche Ursache aller Veränderungen, ordentlich zusammengefaltet auf seinem Wäschekorb. Hatte er es heute Morgen nicht übergestreift?

Doch da lag es, cremeweiß und weichwollig, leise nach Lavendel duftend und genau seine Größe; eines der erstaunlichsten Weihnachtsgeschenke, das er je erhalten hatte: das Hemd.

Von guten Mächten

DIETRICH BONHOEFFER

Gefängnis
Prinz-Albrecht-Straße
19.12.1944

Meine liebste Maria!
Ich bin so froh, dass ich dir zu Weihnachten schreiben kann, und durch dich auch die Eltern und Geschwister grüßen und euch danken kann.

Es werden sehr stille Tage in unsern Häusern sein. Aber ich habe immer wieder die Erfahrung gemacht, je stiller es um mich herum geworden ist, desto deutlicher habe ich die Verbindung mit euch gespürt. Es ist, als ob die Seele in der Einsamkeit Organe ausbildet, die wir im Alltag kaum kennen. So habe ich mich noch keinen Augenblick allein und verlassen gefühlt. Du, die Eltern, ihr alle, die Freunde und Schüler im Feld, ihr seid mir ganz gegenwärtig. Eure Gebete und guten Gedanken, Bibelworte, längst vergangene Gespräche, Musikstücke, Bücher bekommen Leben und Wirklichkeit wie nie zuvor. Es ist ein großes und unsichtbares Reich, in dem man lebt und an dessen Realität man keinen Zweifel hat. Wenn es im alten Kinderlied von den Engeln heißt: „zweie, die mich decken, zweie, die mich wecken", so ist diese Bewahrung am Abend und am Morgen durch gute unsichtbare Mächte etwas, was wir Erwachsenen heute nicht weniger brauchen als die Kinder. Du darfst also nicht denken, ich sei unglücklich. Was heißt denn glücklich und unglücklich? Es hängt ja so wenig von den Umständen ab, sondern eigentlich nur von dem, was im Menschen vorgeht. Ich bin jeden Tag froh, dass ich dich, euch habe, und das macht mich glücklich und froh. –

Das Äußere ist hier kaum anders als in Tegel, der Tagesablauf derselbe, das Mittagessen wesentlich besser, Frühstück und Abendbrot etwas knapper. Ich danke euch für alles, was ihr mir mitgebracht habt. Die Behandlung ist gut und korrekt. Es ist gut geheizt. Nur die Bewegung fehlt mir, so schaffe ich sie mir bei offenem Fenster in der Zelle mit Turnen und Gehen. Einige Bitten: ich würde gern von Wilhelm Raabe: „Abu Telfan" oder „Schüdderump" lesen. Könnt ihr meine Unterhosen so konstruieren, dass sie nicht rutschen? Man hat hier keine Hosenträger. Ich bin froh, dass ich rauchen darf! Dass ihr alles für mich denkt und tut, was ihr könnt, dafür danke ich euch; das zu wissen ist für mich das Wichtigste. – Es sind nun fast zwei Jahre, dass wir aufeinander warten, liebste Maria. Werde nicht mutlos! Ich bin froh, dass du bei den Eltern bist. Grüße deine Mutter und das ganze Haus sehr von mir. Hier noch ein paar Verse, die mir in den letzten Abenden einfielen. Sie sind der Weihnachtsgruß für dich und die Eltern und Geschwister.

Von guten Mächten treu und still umgeben,
behütet und getröstet wunderbar, –
so will ich diese Tag mit euch leben
und mit euch gehen in ein neues Jahr;

noch will das alte unsre Herzen quälen,
noch drückt uns böser Tage schwere Last,

Ach Herr, gib unsern aufgeschreckten Seelen
das Heil, für das du uns geschaffen hast.

Und reichst du uns den schweren Kelch, den
bittern
des Leids, gefüllt bis an den höchsten Rand,
so nehmen wir ihn dankbar ohne Zittern
aus deiner guten und geliebten Hand.

Doch willst du uns noch einmal Freude schenken
an dieser Welt und ihrer Sonne Glanz,
dann woll'n wir des Vergangenen gedenken,
und dann gehört dir unser Leben ganz.

Lass warm uns hell die Kerzen heute flammen,
die du in unsre Dunkelheit gebracht,
führ, wenn es sein kann, wieder uns zusammen!
Wir wissen es, dein Licht scheint in der Nacht.

Wenn sich die Stille nun tief um uns breitet,
so lass uns hören jenen vollen Klang
der Welt, die unsichtbar sich um uns weitet,
all deiner Kinder hohen Lobgesang.

Von guten Mächten wunderbar geborgen,
erwarten wir getrost, was kommen mag.
Gott ist bei uns am Abend und am Morgen,
und ganz gewiss an jedem neuen Tag.

Sei mit Eltern und Geschwistern in großer Liebe und Dankbarkeit gegrüßt.

Es umarmt dich
dein Dietrich

Unter kalten Sternen

ANDREAS KNAPP

*D*er Schnee war hart gefroren und knirschte unter jedem Tritt. Dr. Lars Weismann drückte die Hände noch tiefer in die Manteltaschen und beschleunigte seine Schritte. Es waren nur wenige Meter auf dem kleinen Fußpfad von seiner Villa zur Schillerstraße hinüber. Dort lag auf einem etwas erhöhten Damm die S-Bahn-Haltestelle. Weismann ging hastig auf und ab, bis ein Surren der Oberleitung endlich das Nahen des Zuges ankündigte.

Es war ein Tag vor Weihnachten. Das Physikinstitut der Leipziger Universität war seit gestern geschlossen. Weismann war froh, dass er endlich ein paar Tage Ferien hatte. Warum spielten in den Tagen vor Weihnachten immer alle verrückt? Warum so viel Stress und Hektik? Und dann noch die unsäglichen Weihnachtsfeiern, an denen er teilnehmen musste. Glühwein und Pfefferkuchen hingen ihm zum Hals und die sentimentale Musik zu den Ohren heraus. Er würde jetzt noch seine Tochter besuchen, ihr das obligatorische Weihnachtsgeschenk bringen und das seinige in Empfang nehmen. Und dann war Weihnachten für ihn vorbei.

Weismann stieg an der Haltestelle „Sternwarte" aus. Mit kräftigen Schritten stapfte er durch den Schnee hinüber zur Alten Salzstraße, wo seine Tochter mit ihrem Lebensgefährten wohnte. Die Beziehung zu den beiden war kühl und er sah sie selten. Der Besuch war kurz und korrekt, ein Glas Wein im Wohnzimmer, ein floskelhaftes Gespräch, wie es so gehe. Und dann der Tausch verpackter Geschenke. Meist habe ich einen schlechten Tausch gemacht, dachte Weismann bei sich, und lächelte süßsauer. Als er die Wohnung seiner Tochter verließ, atmete er auf. Das wäre geschafft.

Draußen war es bitter kalt, doch diese Kälte war angenehmer als die gekünstelte Wärme drinnen. Weismann lief an einem großen Häuserblock entlang. Alle Fenster waren mit bunten Lichtern geschmückt, glitzernde Sterne oder Tannenbäume aus Dioden, blinkende Weihnachtsmänner und Rentiere. Weismann schüttelte den Kopf. Diese Stimmungsmache hatte er noch nie leiden können. „Alle reden von Energiesparen", brummte er grimmig. „Wenn dieser Budenzauber verboten würde, könnte man jetzt zwei Atomkraftwerke abschalten."

Er war froh, dass der Rückweg zu seiner Villa kaum beleuchtet war. Über ihm standen die klaren Sterne des Winterhimmels. Er blieb stehen und schaute nach oben. „Das sind die wahren Sterne", sagte er halblaut. „Materie und Physik, das ist Wirklichkeit. Was da oben abläuft, ist berechenbar. Ein Zusammenhang von Masse und Gravitation."

Weismann kannte die Sternbilder. Er schaute zum Orion und wusste, dass Rigel 900 Lichtjahre entfernt und an der Oberfläche 12 000 Grad Celsius heiß ist. „Die Sterne haben keine Botschaft für uns. All die Spinner, die an Horoskope glauben und meinen, dass unser Schicksal gelenkt wird! Wir haben keine Heimat. Und da oben, da wartet niemand auf uns." Jetzt fiel ihm noch eine andere Geschichte mit einem Stern ein und er lächelte mild. Es war eine der vielen Weihnachtsgeschichten, die man den Kindern erzählte. Im Orient soll ein Stern drei Könige durch die Wüste geführt haben. Und am Ende sei der Stern über einer Hütte stehen geblieben, in der ein neugeborenes Kind lag.

Weismann mochte diese rührseligen Geschichten nicht. Wie in den vergangenen Jahren verbrachte er Weihnachten allein. Seit er sich von seiner Frau getrennt hatte, war ihm das Fest der Familie sogar zuwider. Für den Weihnachtsabend hatte er sich schon zwei DVDs besorgt. Gruselfilme. Ein bisschen Horror und Nervenkitzel. Diesen grausigen Weihnachtszauber kann man nur mit Gruselfilmen bekämpfen.

Mit Behagen dachte er dagegen an die sogenannten Tage zwischen den Jahren. Jedes Jahr lachte er über diese Zeitangabe: Als ob es zwischen dem alten und dem neuen Jahr noch Zeiträume gäbe! In diesen Tagen vor Silvester genoss er es, lange zu schlafen, Romane zu lesen, seine Post zu sortieren und es sich daheim richtig gemütlich zu machen.

Dieses Jahr aber spürte er dann doch die Einsamkeit. Wie die Kälte unter den Mantel, so kroch sie ihm unter die Haut. Er verscheuchte sie, trank abends ein Glas Wein mehr als gewohnt. Aber am nächsten Morgen war das Unbehagen wieder da. Er sehnte sich nach Wärme, nach einem Blick, einem Wort, einem Lachen. War er seit der Trennung von seiner Frau ein Eigenbrötler geworden, ein seltsamer Kauz, ein Einzelgänger? Manchmal befürchtete er es. Es gab aber auch Anzeichen, dass er wieder nach einer Beziehung suchte. Tina, eine Sekretärin im Institut, hatte schon öfter versucht, mit ihm zu flirten. Sie war Mitte dreißig und er fast fünfzig. Aber was tat das zur Sache? Er sah gut aus, war erfolgreich und konnte ihr etwas bieten. Bisher hatte er es genossen, von ihr umschwärmt zu werden. Doch mehr als ein Augenzwinkern hatte er ihr bisher nicht geben wollen. Warum eigentlich?

„Du bist ein Idiot", sagte er zu sich selbst. „Jetzt hockst du hier allein herum und langweilst dich zu Tode."

Am morgigen Silvestertag wollte er sie besuchen. Wenn sie noch keine Verabredung hatte, könnte er sie in ein vornehmes Restaurant einladen.

Am späten Silvesternachmittag verließ er das Haus. Unter seinem Mantel trug er Anzug und Krawatte. Die niedrig stehende Sonne war kraftlos und die Luft klirrend kalt. Sein Atem dampfte vor seinem Gesicht, als er durch den festgetretenen Schnee zur S-Bahn hinüber stapfte. An einer spiegelglatten Stelle rutschte Weismann aus und konnte sich gerade noch fangen. Überall zischten und knallten schon die Kracher und die ersten Raketen stiegen in die Luft. Beim Blumenladen in der Mozartstraße, der noch offen hatte, kaufte Weismann rote Rosen.

„Wenn schon, denn schon!", brummte er mit entschlossener Miene.

Schließlich stand er an der Haustür einer mehrgeschossigen Jugendstil-Villa. Er klingelte und rief dann seinen Namen in die Sprechanlage. Die Tür öffnete sich und er stieg die knarrenden Holztreppen hinauf bis zur zweiten Etage. Dort stand Tina in der offenen Tür, freudig überrascht, irgendwie aber auch unsicher und fragend.

„Ich wollte dich einladen …", begann Weismann.

Tina unterbrach ihn.

„Komm erst mal rein. Das Treppenhaus ist ausgekühlt."

Als Weismann in den Flur trat, sah er durch die offene Wohnzimmertür, dass da ein Mann mit dem Rücken zu ihm in einem Sessel saß. Nach der Gel-Frisur zu schließen war es ein jüngerer Mann.

Tina faltete das Papier auseinander, in das die Blumen eingewickelt waren.

„Rote Rosen", flüsterte sie und wurde bleich. „Du bringst mir rote Rosen …"

Weismann schaute sie an, bevor sein Blick wieder auf den Hinterkopf des Mannes im Wohnzimmer huschte.

„Darauf hatte ich lange gewartet. Aber jetzt …" Tina schüttelte den Kopf. „Es darf nicht wahr sein!"

Weismann trat von einem Bein auf das andere. „Was darf nicht wahr sein?"

„Seit ein paar Monaten bin ich mit Dirk zusammen", flüsterte sie und deutete mit einer Kopfbewegung Richtung Wohnzimmer.

Weismann wurde es heiß und kalt. In seinem Kopf purzelten Bruchstücke von Gedanken durcheinander wie Scherben einer zerbrochenen Vase, die nicht mehr zusammenpassen.

„Ist das endgültig?", brachte er endlich hervor. Tina senkte den Kopf. „Ich bin schwanger."

Der Physiker nickte. „Verstehe …"

Wieso schon schwanger, dachte er bei sich. So etwas ist doch kalkulierbar.

Er drehte sich um und ging zur Tür. Dort wandte er noch einmal den Kopf und sah ihren Blick, hilflos, verwirrt, wie entschuldigend. Leise schloss sich die Tür. Im Treppenhaus fröstelte ihn und der Gedanke, dass er heute Abend Silvester alleine feiern würde, ließ ihn noch mehr erschauern.

Er ging durch den verharschten Schnee Richtung Straßenbahn. Es war schon dunkel geworden.

Auf der Haut seines Gesichtes spürte er die bei-
ßende Kälte wie kleine Nadelstiche. Am Haupt-
bahnhof musste er noch eine Weile auf die S-Bahn
warten. Selbst hier wurden Kracher gezündet
und die Luft stank nach Schwefel. Endlich wurde der Zug angekündigt. Weismann setzte sich
auf einen Fensterplatz und starrte hinaus. Raketen stiegen schon in den dunklen Nachthimmel
und versprühten ihre Glut, doch er saß wie ver-
steinert. Warum hatte er auf Tinas Signale nicht
rechtzeitig reagiert? Er hatte sich verrechnet.
Als er ausstieg, war er immer noch ganz benom-
men. Von der Haltestelle führte ein schwach be-
leuchteter Fußweg oben auf dem Damm entlang
zu einer Treppe. Über diese erreichte man die
Schillerstraße und dann den kleinen Pfad zur
Villa. Weismann ging schnell, zu schnell, sodass
er wieder ausrutsche. Doch dieses Mal konnte
er sich nicht mehr fangen, sondern stürzte, roll-
te die Böschung hinab und blieb neben einer
Hecke liegen.
Weismann stöhnte kurz auf. Dann war es still.
Er lag auf dem Rücken und schaute in den kla-

ren Nachthimmel. Die Sternbilder waren so deutlich zu sehen wie selten. Über ihm drohte das einsame Weltall mit seiner eisigen Kälte. Und er war vergessen, verlassen, verloren. Er spürte Schmerzen am Schienbein und in den Rippen. Wahrscheinlich hatte er sich ein paar Knochen gebrochen.

„Verdammt noch mal!", fluchte er und schloss die Augen. Er war müde, des Lebens müde. Warum noch einmal aufstehen? Frieren, das war schon lange seine Krankheit. Warum jetzt nicht einfach erfrieren? Das wäre ein sauberer Schlussstrich unter die kühle Rechnung seines Lebens.

Wie lange mochte er schon in der Kälte gelegen haben? Er dachte an nichts mehr, war schon weggetreten. Doch dann hörte er Schritte, wie aus großer Ferne. Oben auf dem Damm kamen Leute. Weismann wollte in den kalten Räumen bleiben, in die er bereits hinüber gedämmert war, aber die helle Stimme eines Kindes holte ihn zurück. Direkt oberhalb von ihm war ein Kind stehen geblieben und redete anscheinend mit seiner Mutter.

„Schau, Mama, wie viele Sterne da oben sind!"
Eine warme, sanfte Frauenstimme antwortete:
„So klar ist es selten! Man kann die Sterne nicht
mehr zählen!"

„Mama, ist das schön!", staunte das Kind. In
seiner Stimme lag Bewunderung, ja Entzücken.
„Eine zauberhafte Nacht", antwortete auch die
Mutter fasziniert.

Dann war es lange Zeit still. Die beiden schienen einfach nur die Sterne anzuschauen und
sich über sie zu freuen.

„Ach, wie schön!", hörte man die Frau schließlich seufzen.

Und dann das Kind:

„Mama, das ist alles wunderbar!"

Nun waren wieder Schritte zu hören. Die beiden entfernten sich. Weismann hatte die Augen
wieder geöffnet. Auch er schaute in den Sternenhimmel. Eine uralte Erinnerung wurde in
ihm wach. Eine lange verschüttete Kindheitser-
innerung. Auch er hatte als kleiner Junge unter
dem Sternenhimmel gestanden und gestaunt.
In diesem Augenblick wurde das Kind in ihm

wieder lebendig. Als Physiker wusste er von den fernen Sonnen, deren Licht viele Jahre unterwegs war, bis es die Erde erreichte. Doch jetzt sah er ihre Schönheit. Die Schönheit des Lichtes. Er fühlte, wie er auf dem Planeten Erde lag und durch den Kosmos reiste. Es war ein wunderbares Gefühl: getragen von der Erde, geborgen im Universum. Die tausend Lichter über ihm faszinierten und beglückten ihn: die Sternbilder, die Planeten, das Aufblitzen einer Sternschnuppe. All das war einfach schön. Und unendlich erhaben. Noch nie hatte er so tief empfunden: „Es gibt eine unendliche Harmonie, ein Ganzes, in dem auch ich meinen Platz habe. Ich bin zwar nur ein winziges Teilchen auf einem kleinen Planeten, aber doch nicht vergessen. Es gibt einen großen Zusammenhang, zu dem auch ich gehöre." Weismann sah sein Leben in einem ganz neuen Licht. Die Sterne haben doch eine Botschaft. Es wartet noch jemand auf ihn – und er hatte es bisher versäumt, eine Antwort zu geben. Können Sterne vielleicht doch zu einem Kind führen? Jedenfalls war es ein Kind, das ihm die Augen für die Schönheit der Sterne geöffnet hatte! Weismann wollte wieder leben, tanzen, küssen, glücklich sein.

In diesem Augenblick aber spürte er einen fürchterlichen Schmerz. Das waren nicht nur die gebrochenen Rippen, sondern auch Erfrierungen, die ihn jetzt schrecklich schmerzten. Er wollte um Hilfe rufen. Ob das Kind und seine Mutter ihn noch hören würden? Weismann brachte keinen Laut mehr heraus. Ihm fehlte schon der Atem. Mit äußerster Anstrengung versuchte er noch ein Röcheln, ein leises Husten. Dann schwanden ihm die Sinne.

„Mama, da war etwas."

„Ich habe nichts gehört."

„Doch, dort hinten. Da hat jemand gehustet, aber ganz komisch."

„Komm! Wir schauen nach."

Leben in der Krippe

CHRISTOPH MAAS

*D*er Stern schaukelte im Wind kräftig hin und her. Ein wenig Schnee war gefallen, der am Boden sofort zu einer matschigen Masse schmolz. Es war ungemütlich nasskalt an diesem Donnerstagabend. Hunderte Menschen strömten von den überfüllten Parkplätzen des Einkaufszentrums in die Ladenstraßen. Dabei kamen die meisten Kunden an einer Krippe vorbei. Es war nicht eine von den üblichen mit ihren menschengroßen Holzfiguren. Diese hier setzte sich aus lebenden Menschen und Tieren zusammen. Clemens mimte jetzt schon in der dritten Woche den Josef. Geduldig stand er stundenlang neben dem Futtertrog, in dem eine Puppe in der Größe eines Säuglings lag. Alles andere war echt. Der Fünfundzwanzigjährige sehnte sich heute besonders nach den kurzen Pausen in den Mitarbeiterräumen des Marktes. Da gab es einen heißen Kaffee und manchmal auch eine Suppe oder ein Stück Stollen. Bis zum Ende der Öffnungszeit hatte der junge Mann seinen Platz einzunehmen, gekleidet in einen warmen Umhang und einen auffälligen Schlapphut. In der Hand einen langen Wanderstock. Inzwischen machte es ihm nichts mehr aus, wenn er von Passanten gebeten wurde, sich mal zu bewegen oder etwas zu sagen. Sie wollten ja nur wissen, ob es tatsächlich ein Mann aus Fleisch und Blut sei. Letztens warfen junge Leute die Verpackungen einer Imbisskette vor seine Füße und riefen ihm zu: „Ist noch was drin, kannste essen." Anfangs hatte Clemens noch wütend auf solche Pöbeleien reagiert. Inzwischen ging er gelassener damit um. Wenn Eltern oder Großeltern mit ihren Kleinen kamen und er mit ihnen fotografiert wurde, freute er sich. In die strahlenden Kinderaugen zu schauen, tat ihm gut. Und jedes Mal musste er seinen Spruch aufsagen: „Die Fotografiererlaubnis kostet zwei Euro fünfzig." Dann zog er seine Geldbörse aus der Hosentasche und kassierte. Kaum jemand gab ihm einen Korb in diesen vorweihnachtlichen Wochen. Was dem jungen Mann heute Probleme bereitete, war die neueste Maria. Zwei hatte er bereits hinter sich. Die erste war nur zwei Tage gekommen und dann einfach weggeblieben. Der Stundenlohn hätte ja auch großzügiger ausfallen können. Die junge Frau hatte es nicht lassen können, sich mit schillernden Farben zu schminken. Außerdem passte ihr kitschig blau gefärbtes Haar nicht zu der Rolle der Mutter von Jesus. Passanten, die irgendetwas sagten, warf sie unflätige Bemerkungen zu. Die zweite Maria brachte ihr fünfjähriges Töchterchen mit und rauchte eine Zigarette nach der anderen. Clemens hatte versucht, auf die Frau einzuwirken, jedoch ohne Erfolg. Und das kleine Mädchen war ein Giftzwerg, wie er im Buche steht. Mal wollte sie mit dem Pony reiten, das neben Ziege und Esel unter dem Krippendach stand. Dann hatte sie Hunger. Und Maria musste mit ihr etwas zu essen kaufen. Josef wunderte sich, dass nie jemand von der Event-Firma kam, um nach dem Rechten zu schauen. Nur einmal am Tag tauchte ein Mitarbeiter auf, um neues Futter zu bringen und die Hinterlassenschaften der Tiere zu beseitigen. Die neueste Maria war nun erst den zweiten Tag im Einsatz. Glücklicherweise kam sie alleine und verzichtete auf Schminke. Dass sie ständig Kaugummi kaute, störte den jungen Mann kaum noch nach allem, was er schon erlebt hatte. Sie war obendrein die freundlichste von den dreien. Irgendwann zeigte sie auf die Krippe, schob die Decke etwas zur Seite und bot Clemens an: „Wenn du mal einen Schluck brauchst …" Dabei zwinkerte sie ihm zu. Er traute seinen Augen nicht, als er neben der Jesuspuppe eine Flasche Schnaps entdeckte. „Aber, das geht doch nicht!", antwortete er, ohne den Satz zu Ende führen zu können. Die junge Frau, die sich als Lucy vorgestellt hatte, winkte beschwichtigend ab. „Hat schon seine Ordnung", meinte sie. Clemens beruhigte sich und seufzte tief. „Mit Betlehem hat das ja wirklich nicht viel zu tun, was hier abläuft", sagte er zu sich selbst. Auf ihren Namen bezogen wagte er die Bemerkung: „Lucy ist ja eigentlich ein eher unpassender Name bei deiner Rolle. Die Geschichte hat nun alles andere als mit dem Teufel zu tun." Er hatte es jedoch mit einem eher oberflächlich denkenden Mädchen zu tun, die bei jeder Gelegenheit mit den Schultern zuckte und eine entsprechende Mimik dazu einsetzte. Sie wusste nicht einmal genau, was sie da eigentlich darstellte. Clemens klärte sie darüber auf. Immerhin hatte er den Konfirmandenunterricht besucht. „Was du nicht sagst", reagierte Lucy. „Keine schlechte Idee von Gott, Mensch zu werden. Aber auch ganz schön gefährlich. Irgendjemand hätte dem Kind ja was antun können." Clemens griff den letzten Gedanken auf: „Wäre ja auch beinahe passiert. Der König Herodes fürchtete das Jesuskind als Konkurrenz und wollte es töten lassen." „Siehste", sagte die junge Frau schnippisch. „Habe ich doch so im Gefühl gehabt", und nahm eine Pose ein, die zeigte, dass sie stolz auf sich selbst war. Dann wollte sie wissen, wie es ausgegangen sei. „Mensch, klasse", begeisterte sich die ungewöhnliche Maria. „Das könnten wir doch mal spielen. Was glaubste, wie die Leute hier auflaufen!" Clemens verdrehte die Augen und zog sich lieber auf seine Position zurück. Immer wieder blieben Menschen stehen und staunten über die ungewöhnliche Krippe. Manche warfen sogar Geldstücke in den Trog. Vielleicht glaubten sie, es könne ihnen Glück bringen. Einmal hatte Clemens seine Mühe mit einem betrunkenen Mann, der sich am Holzzaun zu schaffen machte. Ruhig und besonnen schaffte er es, ihn zum Fortgehen zu bewegen. Die ungewohnte Rolle hatte den jungen Mann gelehrt, mit vielen unberechenbaren Situationen fertigzuwerden. In den Nächten bewachte ein Security-Service die Anlage, die auf Kosten der Werbegemeinschaft beauftragt worden war. Clemens hatte die befristete Stelle sofort bekommen. So konnte er die Wochen überbrücken, bis er im Januar in der neuen Firma anfing. Das zusätzliche Geld konnten Mareike und er auch gut gebrauchen. Während er so in Gedanken versunken da stand, forderte Lucy ihn heraus, indem sie sagte: „Du bist wohl eher einer von den Stillen, die abends bei Mama am Ofen sitzen? Wenn ich dich so beobachte …" Clemens hatte eigentlich keine Lust, darauf zu antworten. Er sagte nur: „Jeder hat so seine Geschichte." Die junge Frau nickte vielsagend und presste die Lippen aufeinander. „Also scheinst du ja was ganz Besonderes zu sein", sagte sie. Clemens sah sie fragend an. Und sie reagierte nur mit ihrem kessen Blick. Der Josefdarsteller winkte ab. Eine Weile blieben beide wortlos. Eltern und Großeltern fotografierten. Eine Mutter bat Lucy, ein Bild von ihrem Jungen mit Josef zu machen. Auf welche Ideen die Leute kommen, wunderte Clemens sich. Als es dann wieder stiller vor der Krippe wurde, ereiferte sich Lucy plötzlich über das Kind in der Krippe. „Eigentlich ist das doch eine riesige Sauerei, ein Baby in einen Futtertrog zu legen. Und da sind diese Verbrecher einfach so davongekommen?" Clemens versuchte, ihr die Umstände zu erklären, dass es damals in Betlehem einfach keinen Platz gab. Immerhin sei es in dem Stall warm gewesen. „Also, ich will keine Kinder", erklärte die Darstellerin. „Was das alleine kostet. Und dann ständig dieses Gequake und die vollen Windeln." Ihr Gesichtsausdruck zeigte einen Ausdruck von Ekel. „Das ist nur die eine Seite", antwortete Clemens, als eine ältere Frau eine Geldmünze in den Futtertrog warf. „Vergelts Gott", antwortete er dann jedes Mal. Sein Blick fiel auf das pausbäckige Puppengesicht, während er leise sagte: „Meine Frau und ich haben unser Kind verloren." Mit einer solchen Nachricht hätte Lucy nicht gerechnet. Es dauerte eine Weile, bis sie sagte: „Das tut mir leid." Clemens steckte jedes Mal ein Kloß im Hals, wenn er darüber sprach. Nur wenige Stunden nach der Geburt war ihr kleiner Jonas gestorben. Die Kräfte hatten einfach nicht zum Leben gereicht. Abends, wenn er von seinem Einsatz in der Krippe nach Hause kam, sprachen Mareike und er lange darüber. Den Tränen ließen sie freien Lauf. Tagsüber sorgte die Josef-Rolle für Ablenkung. Mareike hatte bald wieder angefangen zu arbeiten. Die Kolleginnen in der Arztpraxis gaben ihr viel Halt.

Lucy sagte nichts mehr zu dem Thema, sondern nahm die Puppe aus dem Trog und hielt sie eine Zeit lang im Arm. Clemens war an diesem Abend besonders froh, als die Arbeitszeit zu Ende war und der Wachmann auftauchte. Unterwegs drehten sich Leute nach ihm um. Einer sagte: „Das ist doch der Josef vom Parkplatz." Der junge Mann lächelte und ging eilenden Fußes weiter. Manchmal hatte er gar keine Lust mehr, am nächsten Mittag wieder hinzugehen. Aber bis Weihnachten dauerte es ja nicht mehr lange. Doch der Tag darauf sollte ein ganz besonderer werden. Clemens war noch vor Lucy am Platz, als er kaum seinen Augen traute. Die Puppe im Futtertrog bewegte sich. Ein paar Augenblicke brauchte er, um zu erkennen, dass dort ein kleiner Säugling lag. Das künstliche Jesuskind fand er auf dem Boden daneben. Aus einer warmen Decke schaute ein winziges Gesichtchen hervor. Der Puls schoss in die Höhe. Einige Passanten hatten bereits mitbekommen, dass hier etwas Ungewöhnliches im Gange war. Es wurden immer mehr Menschen, die sich versammelten. Clemens nahm sein Handy aus der Hosentasche und wählte die Notrufnummer. Es war ihm klar, dass hier eine Mutter ihr Kind weggegeben hatte. Endlich traf auch die Maria-Darstellerin ein. Bei dem Anblick sagte sie in ihrer gewohnten Art: „Nimms doch mit. Dann habt ihr ein neues." Clemens strafte die Frau mit scharfen Blicken. Es dauerte nicht lange, bis Notarzt und Rettungswagen kamen. Sogar eine Kinderkrankenschwester war mitgekommen. Polizeibeamte versuchten, die Schaulustigen zurückzudrängen. Wie sich bald im Rettungswagen zeigte, war das kleine Mädchen wohlauf und zeigte keine gesundheitlichen Einschränkungen. Lucy hatte es nicht lassen können und der Notärztin die Geschichte von Clemens erzählt. Die ältere Frau kam daraufhin zum Josef und drückte ihm ihr Mitgefühl aus. Ein Fernsehteam der Nachrichtenredaktion versuchte, möglichst viele Bilder einzufangen. Reportern musste Clemens immer wieder dieselbe Geschichte erzählen. Auf einmal hatte ein Kind in der Krippe gelegen. An einem unpassenden Ort. Vielleicht vertraute die Mutter dieser Umgebung. Wo Gott seine Liebe zu allen Menschen gezeigt hat.

Während Lucy bald schon über das Ereignis hinweg war, Reportern hatte sie sich als erfahrene Schauspielerin ausgegeben, drehten sich bei Clemens die Gedanken. Mareike hörte am Abend aufmerksam zu, als er davon erzählte. Doch wäre sie noch nicht bereit gewesen, ein fremdes Kind aufzunehmen, selbst, wenn man es ihnen angeboten hätte. Von dem Tag an hatte die Krippe vor dem Einkaufszentrum einen Schleier des Besonderen für den jungen Mann. Als die beiden spät noch wach im Bett lagen, sprachen sie immer wieder von dem Findelkind im Futtertrog. Und dass es hoffentlich gute Pflegeeltern findet. Am nächsten Morgen sah Clemens sein Foto auf der ersten Seite der Lokalzeitung. Immer wieder wurde er im Laufe des Tages darauf angesprochen. „Ach, da ist ja die Babyklappe", sagte ein Mann und fotografierte den Futtertrog. Die Menschen schienen jetzt kurz vor den Feiertagen hektischer zu sein. Das

Geld saß auch nicht mehr so locker. Kaum jemand warf eine Münze in die Krippe. Und doch war das Ereignis zum Gesprächsthema in der Stadt geworden. Die Leiterin einer Kindergruppe erklärte ihren Schützlingen ganz genau, was einen Tag vorher hier abgelaufen war. Clemens staunte, dass sie scheinbar mehr wusste als er. Fragen stellte die Frau ihm keine. Immerhin schien den Kindern ihre Version zu gefallen. So sehr der junge Mann sich auch bemühte, er wurde den kleinen Säugling nicht mehr aus dem Kopf los. Ständig musste er an das kleine Mädchen denken. Ähnlich mag es den Hirten und den Gelehrten damals auch ergangen sein, als sie das Jesuskind im Stall besucht hatten. Und nun trug Clemens seine ganz besondere Weihnachtsgeschichte mit sich herum.

Etwas unsicher betrat er am nächsten Vormittag das katholische Krankenhaus und fragte sich nach der Säuglingsstation durch. Dort wollte ihm zunächst niemand Auskunft geben, bis schließlich eine Ärztin kam, die von seiner Geschichte wusste. Clemens durfte durch die Scheibe sein Findelkind sehen, dem er ein kleines Kuscheltierchen mitgebracht hatte. Die Pflegerin hielt den Säugling eine ganze Weile im Arm, sodass der junge Mann den Anblick genießen konnte. Ein paar Tränen liefen dabei über sein Gesicht, denn er musste an den kleinen Jonas denken, den sie so schnell hatten hergeben müssen. Er hatte nicht bemerkt, dass eine ältere Dame bereits mehrere Minuten neben ihm stand. „Da können sie aber stolz drauf sein", sagte sie. „Oder ist das nicht ihr Kind?" Clemens wusste nicht genau, was er antworten sollte. „Eigentlich nein, aber irgendwie schon", kam es etwas unbeholfen aus seinem Mund. Die Frau schüttelte verständnislos den Kopf und sagte: „Da geht es ihnen wohl wie dem Josef." Auch damit hatte sie nicht ganz unrecht, dachte der junge Mann bei sich selbst. Als er sich in Richtung Ausgang bewegte, holte die Ärztin von vorhin ihn ein und sagte: „Sie sollen wissen, dass es eine passende Pflegefamilie für die kleine Sophia gibt." Einen Namen hatte sie also auch schon.

Wenige Meter weiter sah Clemens ein kleines Goldbändchen auf dem Boden liegen. In der Art, wie man es zum Zubinden von Zellophantüten benutzt. Er hob das wertlose Teil auf, weil er damit etwas mitnehmen konnte. Eine kleine Erinnerung an einen ungewöhnlichen Besuch. Immer noch schmunzelte er über die Worte der älteren Dame. Sie musste ihn für etwas verrückt gehalten haben. Am liebsten wäre er jetzt direkt nach Hause gegangen. Doch bald stand er wieder als Josef neben dem Futtertrog, das kleine Goldbändchen fest in der Hand. Und wieder musste er sich an eine neue Maria gewöhnen. Der Verschleiß an Müttern Jesu nahm schon kuriose Züge an. Die neueste Ausgabe arbeitete während der Saison als Losverkäuferin auf Volksfesten. Und so benahm sie sich auch in der Krippe. „Werfen Sie eine Euro-Münze in den Futtertrog. Und das Christkind wird Ihnen Glück schenken." Clemens konnte sie nicht davon abbringen. Er musste immer wieder kleine Geschenke für das Findelkind entgegennehmen. Plüschtiere, Pullöverchen und Kleidchen stapelten sich inzwischen in einem großen Umzugskarton. Die Menschen in der Stadt hatten auf einmal ihr eigenes Christkind, so schien es. Bald war der vierundzwanzigste Dezember erreicht. Bereits in der Mittagszeit holten Mitarbeiter der Event-Firma die Tiere aus der Krippe ab und begannen, die Holzkonstruktion abzubauen. Die Losverkäuferin hatte es nicht bis zum letzten Tag ausgehalten. Und so stand Clemens mit der Jesuspuppe im Arm ein wenig hilflos da, als eine junge Frau auf ihn zurannte, ihm hastig einen Zettel in die Hand drückte und wieder verschwand, ehe er etwas sagen konnte. Auch auf seine Rufe reagierte sie nicht. Dann las er auf dem kleinen Stück Papier: „Danke, dass du dich um mein kleines Christkind gekümmert hast." Die Rechtschreibfehler waren nicht zu übersehen. War er der Mutter der kleinen Sophia begegnet? Wie es auch gewesen sein mag. Von dem Tag an hing Weihnachten für ihn immer mit jenem Säugling zusammen, der aus dem Himmel gefallen zu sein schien.

Der wahre Geist

der Weihnacht

Weihnachten am Fenster

KARL HEINRICH WAGGERL

*U*nd es kommt der Heilige Abend, der einzige Tag im Jahr, den man rein vergeudet und der erst mit dem Dunkelwerden beginnt. Auf der ganzen Welt gibt es sicher keinen Christenmenschen, der diese Stunde nicht feiert. Mag er auch selbst ganz arm und einsam sein, er wird doch an irgendeine selige Zeit seines Lebens zurückdenken, oder er kann an einem Fenster stehen und Kinder lachen hören, und wenn er sich nur in einen fremden Hausflur drückt, so kommt gewiss jemand vorbei, der ihm zunickt und gute Feiertage wünscht.

Denn an diesem Abend sind alle Menschen freundlich und gut. Friede, sangen die Engel, Friede den Menschen auf Erden!

Auch die alten Leute im Armenhaus ziehen ihr bestes Gewand an, sie stecken ein Tannenreis hinter das Bett, und nach dem Aveläuten kniet jedes vor einem Stuhl und hat sein eigenes

Wachslicht brennen. Der Pfarrer kommt herüber und kniet auch hin und betet den freudenreichen Rosenkranz mit ihnen.

David steigt indessen in die Kammer hinauf und entzündet die Lichter an seinem Baum, Kerzenstummel von den Altären. Nüsse hängen im Geäst, Sterne und Kugeln aus Stanniol, vergoldete Lärchenzapfen und ein paar Zuckerstücke, es sieht festlich aus. Zuletzt schleicht er auf den Zehenspitzen hinaus, schließt die Kastentüren und wartet eine Weile auf dem finsteren Dachboden.

Kling, kling, sagt David, dann macht er die Türen wieder auf und steht überwältigt vor der gleißenden Pracht. Summend und voll Staunens geht er um den Baum herum und schlägt die Hände zusammen und betrachtet alles, was er sich selbst beschert hat, die Äpfel und die Uhr, und das hölzerne Ross auch, das Pferdchen!

Singen kann er leider nicht gut, sonst würde er jetzt ein Lied anstimmen, vielleicht das vom armen Krippenkind, wie es in der kalten Nacht geboren wurde:

Warum, o herziges Kindlein,
liegst du so arm und bloß
und nur in schlechten Windlein
in deiner Mutter Schoß?

David ist selbst um diese Zeit zur Welt gekommen, es steht in seinem Sparbuch. Aber dass es eine böse Nacht war, ohne einen Stern am Himmel und ohne Engelgesang, dass der Wind durch die Magdkammer pfiff, Schnee und eisiger Wind, davon steht nichts in dem Buch. Das hat ihm erst die Mutter erzählt.

Beinahe wären wir erfroren, sagte sie, wir beide. Und dann, am dritten Tag, kam das Fieber dazu. Aber weil es Sonntag war, tat der Knecht ein gutes Werk und zog uns auf dem Heuschlitten in das Tal und noch einen halben Tag weit bis in das Krankenhaus.

Die Mutter erzählte das wunderschön, wie sie also dieser Knecht aus der Kammer heruntertrug und ins Heu bettete und mit Stricken festband. Er war ein riesiger Mensch, schwer und viereckig wie ein Kasten.

Und auf dem ganzen Weg sprach er kein Wort. Er schnaufte nur und legte sich in die Gurte mit seiner Bärenkraft, der Schnee lag knietief auf der Straße, und es schneite immer noch, er aber ging gleich einem Pflug hindurch. Schritt für Schritt, Stunde um Stunde.

Manchmal blieb er stehen und blies den Schnee aus dem Bart, dann ging er um den Schlitten herum und stäubte auch die Mutter ab, so zart er es konnte mit seinen schwieligen Händen. Wie ein Vater umsorgte er sie, wie Joseph seine Familie auf der Flucht. David schlief die ganze Zeit im Schoß der Mutter, glühte im Fieber. Und alles kam ihr so seltsam vor, sie erinnerte sich noch gut, wie sonderbar alles war. Die hohen Wipfel im Wald zogen über ihr vorbei, sie sahen wie geflügelte Wesen aus, wie weißbeschwingte Engel am Himmel, und sie sangen auch. Es war ja nur der Wind, der oben durch die Bäume fuhr, aber ihr schien es doch, als schwebte der Schlitten und würde auf und ab getragen, und die Engel summten und sängen lieblich dazu. Und sie sah den Mann vor dem Schlitten hergehen, er hatte seinen runden Hut ins Genick geschoben, der Schnee sammelte sich in der Krempe, und das sah wunderlich aus, wie ein Heiligenschein um seinen Kopf. Dabei kannte ihn die Mutter kaum, er war ein ganz einfältiger Mensch. Nur so ein Knecht, vier Gulden Jahrlohn hatte er, David, solche Menschen gibt es. Das darf man nie vergessen, meinte die Mutter. Den ganzen Tag mühte er sich ab, der Doktor schalt ihn noch aus, weil er ihm Schnee ins Haus schleppte, als er uns vom Schlitten hob, und in dem Spital durch die sauberen Gänge trug. Und am anderen Morgen stieg er dann wieder mit seinem Ziehschlitten in den Holzschlag auf.

Der Knecht schlug nicht etwa an die Brust und sagte, seht, was für ein guter Mensch ich bin, was für ein Wohltäter! Sondern er vergaß alles wieder. Und wenn Gott einmal seine Werke aus dem Buch liest und sagt: selig sind die Barmherzigen, denn sie werden Barmherzigkeit erlangen, so wird der Knecht gar nicht verstehen, wofür ihn Gott lobt. Herr, wird er antworten, das hat leicht geschehen können, das war weiter nichts …

Aus allen Fenstern fällt warmer Kerzenschein auf den Dorfplatz. Im Vorübergehen sieht David die Leute in den Stuben vor dem Christbaum beisammen stehen. Das Jüngste hat der Vater auf dem Arm, es hopst und kräht und greift nach den Lichtern. Und die Mutter hat keinen Augenblick Ruhe, eins zerrt an ihrer Schürze, damit sie ihm endlich in die neuen Schuhe hilft, und indessen wird sie vom anderen beinahe erwürgt, weil sie die Puppe noch nicht genug bewundert hat. Anderswo kommt die Sache erst in Gang. Eine Tür öffnet sich eben, ein Rudel Kinder stolpert herein, und dahinter steht wiederum der Vater, es ist überall derselbe hemdsärmelige Mann, der wohlwollend lacht und die Zigarre zwischen den krummen Fingern dreht, und es ist auch die gleiche Mutter, die irgendein Paketchen in den Händen hält und den Kopf dazu schüttelt. Denn es ist ja alles reine Verschwendung, was man ihr schenkt!

Auch in den früheren Jahren ging David um diese Stunde über den Dorfplatz, stand vor erleuchteten Fenstern und drückte seine Nase an die Scheiben. Auf diese Weise konnte er an allem ein wenig teilnehmen, an der Bescherung im ganzen Dorf. Er selbst hatte ja nicht viel zu erwarten, ein paar Äpfel und Dörrbirnen vom Pfarrer, eine Handvoll Zuckerzeug oder etwas Nützliches, ein Paar Strümpfe vielleicht. Und oft verging er fast vor Aufregung und Ungeduld, wenn er mitansehen musste, was zum Beispiel dieser Peter mit seiner Mundharmonika anstellte. Rein gar nichts brachte er heraus, während er, David, sicher auf das erste Mal einen flotten Marsch aufgespielt hätte …

Der verhaftete Friedensengel

WERNER REISER

*A*ls die Engel den Lobgesang über den Feldern von Betlehem beendet hatten und sich wieder in die unsichtbare Welt zurückzogen, ließ sich einer von ihnen zur Erde sinken. Ihn drängte es, hinter den Hirten her in die Stadt Davids zu gehen und die Sache zu sehen, die geschehen war. Er ahnte nicht, was mit ihm geschehen würde.

Er hüllte sich in die Gestalt eines Menschen, um wie einer von ihnen dabei zu sein und das Geheimnis des Friedens mit ihren Sinnen zu sehen, zu hören und zu riechen. Dabei verspätete er sich ein wenig und zog allein des Weges. Als er in das Tor von Betlehem trat, wurde er von römischen Soldaten angehalten. Einer von ihnen fragte den unbekannten Einzelgänger nach dem Ausweis. „Meinen Ausweis?", fragte er zurück. „Ich habe keinen und ich brauche keinen, ich weiß, wer ich bin." Und er richtete sich ein wenig auf, um sie seine verborgene Erhabenheit spüren zu lassen. Aber er fiel schnell wieder zusammen, als fremde Hände in seinen Mantel und seine Taschen fuhren und seinen Leib abtasteten. „Nichts", sagten die Männer, „keinen Ausweis, keine Waffe, kein Geld." „Nichts?", fragte der Anführer der Gruppe, „macht nichts, wir nehmen ihn mit. Er ist verhaftet."

Er wurde an beiden Armen gepackt und fortgeführt. Das war freilich ein ungewohnter Griff, aber er befremdete ihn nicht allzu sehr. Dass Menschen zupacken, während Engel nur leise berühren und führen, wusste er wohl. Er lächelte wissend vor sich hin und war neugierig, wie es weiterginge. Er war in Betlehem, in der Nähe des Kindes und fürchtete sich vor nichts. Er bedachte nicht, dass die Himmlischen unendliche Geheimnisse kennen, aber in den irdischen Dingen doch nicht ganz so heimisch sind. Er sollte bald mit ihnen vertraut werden. Im Wachtlokal führten ihn die Soldaten dem Wachtkommandanten vor. Sie berichteten ihm, wo sie ihn angehalten hatten und was ihnen verdächtig vorgekommen war. Der Wachtkommandant fasste ihn ins Auge und begann ein Verhör.

„Wie heißt du?"

Er antwortete: „Ich bin ein Sohn des Friedens."

Der Kommandant befahl dem Schreiber, der neben ihm stand: „Schreibe Ben Schalom." Dann fragte er: „Woher kommst du?"

Der Engel antwortete: „Ich komme aus dem Reich des Lichts."

Der andere erwiderte: „Also von Sonnenaufgang?"

Der Engel meinte: „Man kann es auch so sagen", und freute sich schon, dass er recht verstanden wurde. Der Kommandant diktierte: „Schreibe: von Osten." Dann fuhr er fort: „Du kommst also von jenseits unserer Grenzen?"

Der Engel: „Allerdings, von sehr jenseits eurer Grenzen. Aber was heißt das schon, eure Grenzziehung ist für uns nicht gültig, wir sind überall."

Der Kommandant nickte erstaunt „Das ist sehr aufschlussreich. So viel hat noch keiner freiwillig zugegeben. Ihr seid also viele?"

Der Engel erwiderte: „Ja, wir sind sehr viele, aber das wissen nur wenige von euch."

Darauf der andere: „Wir werden bald mehr darüber wissen", und dem Schreiber befahl er: „Schreibe: einer von vielen, noch unbekannten feindlichen Kundschaftern aus dem Osten, der unsere Grenzen nicht anerkennt."

Der Engel protestierte: „Nein, nicht feindlich, um Himmels willen. Von jenseits der Grenzen zu kommen, ist alles andere als feindlich!" Der Wachtkommandant wies den Protest zurück: „Mir kannst du nichts vormachen. Ich weiß, wer Freund und wer Feind ist. Im Übrigen hast du nichts zu erklären, du hast nur zu antworten ... Du bist also geschickt worden?"

Der Engel fasste neuen Mut und stimmte zu: „So ist es. Ich bin ein Bote."

Der Kommandant griff rasch zu: „Du gibst es zu? Wie lautet dein Auftrag?"

Der Engel wurde verlegen. Ihm wurde bewusst, dass er von sich aus entschieden hatte, auf der Erde zurückzubleiben und menschliche Gestalt anzunehmen. Ein Auftrag war es nicht gewesen. Der andere merkte, wie er zögerte, und fragte nochmals: „Wie lautet dein Auftrag?"

Der Engel antwortete: „Ich sollte mich in der Gegend von Betlehem einfinden und dort mit Menschen des Friedens Verbindung aufnehmen. Alles Weitere würde sich von selbst ergeben."

Der Wachtkommandant besann sich eine Weile und sagte dann: „Man scheint dir bei deinem Auftrag große Freiheit zu lassen. Du musst einer von weit oben sein." Dem Schreiber befahl er: „Schreibe: die Gegend von Betlehem ist Zentrum der feindlichen Tätigkeit. Es werden Spitzenleute eingesetzt."

Der Engel war freudig verwirrt. „Von weit oben" hatte er gesagt. Merkte dieser misstrauische Mensch allmählich, mit wem er es zu tun hatte? Er war so in seine Freude versunken, dass er nicht hörte, was diktiert wurde. Er sah auch nicht, dass der Kommandant einem Soldaten etwas befahl und dieser wegging. Er kam erst aus seiner Freude zurück, als die Türe aufging und der Soldat einige Gefangene hereinbrachte. Der Kommandant stellte sie dem Engel gegenüber auf und fragte ihn: „Kennst du diese Männer?" Der Engel schaute sie an und erkannte sie. Es waren Geschöpfe Gottes, die ihm anvertraut worden waren. Er hatte sie zu gewissen Zeiten begleitet und bewahrt. Er nickte: „Ja, ich kenne sie. Ich war ihnen sehr nahe." Der Vorgesetzte fragte einen nach dem andern: „Kennst du diesen da?" Einer nach dem anderen schüttelte den Kopf und sagte: „Nein, ich kenne ihn nicht." Bevor der Engel noch etwas erwidern konnte, wurden die Gefangenen abgeführt. Der Wachtkommandant trat vor ihn hin und betonte: „Du kennst sie, aber sie kennen dich nicht. Du musstest sie überwachen, nicht wahr? Bei deiner Stellung habe ich nichts anderes erwartet."

„Bewacht habe ich sie, nicht überwacht!", korrigierte ihn der Engel. Aber der andere winkte ab und sagte: „Mir brauchst du nichts zu erklären. Ich bin im Bild. Es passt alles zusammen." Er griff nach dem Blatt des Schreibers und überflog es. „Du gibst zu: Du bist Ben Schalom, stammst aus einem feindlichen Land im Osten, respektierst unsere Grenzen nicht, bist einer von vielen, die uns auskundschaften, du musst als Sonderbeauftragter in dieser Gegend Leute für eure Sache gewinnen und bei der Durchführung eurer Pläne überwachen. Das alles genügt mir."

Der Engel erschrak. So tönte es im Mund eines Irdischen, was er von sich und seinem überirdischen Auftrag erzählt hatte. Er hörte seine eigenen Worte, und doch war alles ganz anders, als er gesagt hatte und als es war. War denn keines seiner Worte recht angekommen? Bekamen bei den Menschen die Worte einen ganz andern Sinn, als sie ursprünglich hatten? Bei den Himmlischen war alles klar, das Wort war geborgen und ruhte in sich und seiner inneren Wahrheit, aber hier fiel es wie ein unbeschützter nackter Vogel aus dem Nest und blieb zerquetscht am Boden liegen. Ihm war bekannt, dass bei den Menschen Worte und Taten auseinanderklafften, die im Himmel eins waren, aber dass die Worte selber auseinander brechen könnten, darauf war er nicht vorbereitet gewesen. Ihm wurde es unheimlich zumute. Er war dieser mehrdeutigen Welt nicht gewachsen und sehnte sich in die himmlische Klarheit zurück. Plötzlich erinnerte er sich seiner Verkleidung und atmete auf. Er brauchte diese menschliche Gestalt nur abzustreifen, um in seinem Glanz vor ihnen zu stehen und aufzufahren. Vielleicht würden sie vor Freude und Ehrfurcht so überwältigt sein, dass sie das Misstrauen ihres Wesens und die Zwiespältigkeit ihrer Worte erkennten und abschüttelten. Er sammelte sich, lockerte Beine und Schulter, streckte die Arme aus, um sich aufzuschwingen und – fiel in sich zusammen. Die Arme fielen herunter, die Füße waren erdenschwer, der Leib gehorchte dem Willen nicht mehr. Alle Kraft zog ihn nach unten. Er rief verzweifelt nach oben um Hilfe, aber niemand kam. Stattdessen hörte er eine leise Stimme, die sagte: „Bleibe wie du bist. Du bist einer von ihnen und musst es durchstehen wie sie." Es wurde dunkel vor seinen Augen, und er brach zusammen.

Er kam erst wieder zu sich, als ihn Soldatenhände packten, aufhoben, wegschleppten und auf einen Strohhaufen warfen. „So könnt ihr mich ihnen doch nicht überlassen!", begehrte er nach oben auf. Da hörte er wieder die leise Stimme, die sagte: „Der Friede beginnt heute Nacht auf einem Strohhaufen." Dann fiel er in einen schweren Schlaf.

Er erwachte, als er grob geschüttelt wurde. Er hatte keine Ahnung, wie lange er geschlafen hatte. Er entsann sich nur, irgendwann einmal geträumt zu haben, dass er einen Mann, der neben einer Krippe lag, gedrängt hatte, mit Frau und Kind das Heim zu verlassen und nach Ägypten zu fliehen. „Steh auf, du musst zum Kommandanten!", befahl ihm ein Soldat, zerrte ihn hoch und schob ihn vor sich im Dunkeln her.

Er war ein anderer, dem er vorgeführt wurde. Er kannte sich zwar in den irdischen Rängen nicht recht aus, da er stets nur auf die Herzen achtete, aber er spürte sogleich, dass dieser mehr zu befehlen hatte und der Sache tiefer nachging. Auch der Kommandant schien etwas von der verborgenen Bedeutung des Vorgeführten zu ahnen und schaute ihn aufmerksam an. Dann blickte er auf ein Blatt und sagte: „Du bist kein gewöhnlicher Bote. Du bist von oberster Stelle eingesetzt." Beide nickten einander schweigend zu. Dann fuhr er fort: „Was ist deine Aufgabe?" Der Engel antwortete: „Ich will dem Frieden dienen. Ich habe keine andere Absicht."

Der Kommandant erwiderte: „Das tun wir auch, wir haben auch keine andere Absicht. Wir vertreten überall in der Welt den römischen Frieden. Darin sind wir uns einig. Willst du in unsere Dienste treten? Wir können Leute von deiner Art gut brauchen."

Der Engel hob abwehrend die Hände: „Ihr vertretet euren Frieden mit Gewalt, mit Soldaten, Schwertern und Lanzen. Das ist nicht meine Sache."

Der Kommandant antwortete. „Ich weiß, dass du mit andern Mitteln kämpfst. Aber es kommt auf dasselbe heraus. Da, wo du herkommst, gibt es auch Heere und Waffen. Spiel mir nichts vor!" Er stutzte. Ahnte der andere etwas? Dann erwiderte er: „Es ist ganz anders, als du meinst.

Unsere Heere und Waffen sind von geistiger Art und schaden niemandem."

Der Kommandant entgegnete unwillig: „Du bist ein Spion und – was noch gefährlicher ist – ein Schwärmer. Du siehst die Wirklichkeit nicht, wie sie ist. Aber wenn du willst, kannst du auch bei uns mit deinen unblutigen Waffen für den Frieden kämpfen."

Der Engel spürte, wie eine unerwartete Hoffnung in ihm aufkeimte. Er fragte: „Kann ich euren Soldaten den Frieden geben?"

Der Kommandant ging sofort darauf ein: „Warum nicht? Lege ihnen den Frieden in die Seele. Sie haben ihn nötig. In ihren Herzen ist so viel Angst vor dem Tod. Nimm sie ihnen weg und gib ihnen beim Sterben deinen Frieden, das wird für sie eine große Hilfe sein."

Der Engel fuhr auf: „Aber ich werde ihnen dabei etwas ganz anderes ins Herz legen, als du willst, sodass sie die Waffen niederlegen und einen Frieden begehren, der zum Leben und nicht zum Sterben führt. Das werde ich tun, so wahr ich lebe!"

Der Kommandant erwiderte schroff: „Das wirst du nicht tun. Ich sehe, dass du unser Feind bist und bleibst. So wahr du lebst, du wirst noch in dieser Nacht dein Leben verlieren ... Wegführen!" Noch bevor die Soldaten zugriffen, trat der Engel einen Schritt vor und küsste den Kommandanten auf die Stirne.

Als er wieder auf dem Stroh in der Ecke saß, dachte er lange über sein bevorstehendes Ende und seinen misslungenen Friedensweg nach. Noch mehr als das, was mit ihm geschehen sollte, machte ihm bange, dass der Friede den Menschen so unverständlich und fremd blieb. Sie seufzten und schrien zwar nach ihm, aber sobald er unter ihnen zu wirken begann, fürchteten sie ihn. Er machte sie unruhig und unsicher. Lieber verließen sie sich auf ihre hartgetretenen Wege, als sich auf etwas Neues und Werdendes einzulassen. Der Friede war aber doch nicht dazu bestimmt, wie ein schöner Traum über die Erde zu schweben und auf ihr selber nie Fuß zu fassen. Weshalb wurde er den Menschen so schwer gemacht? „Warum steht ihr uns nicht kräftiger bei und treibt das Werk des Friedens unter uns?", begehrte er nach oben auf. Da hörte er wieder die leise Stimme, die sagte: „Es gibt keinen Frieden ohne Leiden und Opfer. Er fällt nicht vom Himmel auf die Erde. Er wirkt nur durch Menschen, die ihn wollen. Du bist einer von ihnen."

In der letzten Stunde der Nacht führten sie ihn hinaus. Einige Soldaten trugen ein Schwert, andere einen Spaten. Kein Mensch war zu sehen, kein Himmlischer zu spüren. Als sie aus dem Tor hinaustraten, sah er in der Morgendämmerung einen Mann neben einem Esel gehen, auf dem eine Frau mit ihrem Kinde saß. Die Soldaten beachteten sie nicht. Er aber fühlte plötzlich eine seltsame Wärme und eine große Freude und flüsterte vor sich hin. „Nur Mut, es geht weiter. Der Friede ist unterwegs."

Dann ging alles sehr schnell. Er spürte den Schlag – und war als Engel des Friedens wieder bei sich. Er stand da und blickte auf die menschliche Hülle, die zu seinen Füßen lag. Er war dankbar für die schmerzliche Erfahrung, die sie ihm in diesen Tagen vermittelt hatte. Niemand nahm ihn wahr. Die Soldaten entfernten sich. Zwei von ihnen blieben mit dem Spaten zurück und hoben ein Grab aus. Er hörte noch zu, wie sie miteinander redeten. Der eine sagte: „Früher habe ich damit meinen Garten umgegraben. Das war eine gute Zeit." Der andere erwiderte: „Und ich habe damit den Boden ausgehoben, um die Grundmauern für ein Haus zu legen. Damals war ich glücklich." Dann gruben sie schweigend weiter.

Er aber machte sich auf den Weg, um die kleine Gruppe einzuholen, die in der Morgendämmerung verschwunden war. Einmal wandte er sich noch um und sah im ersten Licht des Tages, wie zwei Männer mit einem Spaten auf den Schultern die Gegend von Betlehem verließen und, ohne es zu wissen, dem Weg der Frau mit dem Kind folgten.

König der Herrlichkeit

RAFIK SCHAMI

*D*er Winter 1945 in Ulania war besonders kalt. Zum ersten Mal seit einem Jahrhundert hatte es tagelang geschneit. Die Temperatur sank auf minus fünf Grad, was im Orient einer Katastrophe gleichkommt. Die ungeschützten Wasserleitungen platzten, und viele Orangenbäume erfroren. Der neue Pfarrer nun war in allem streng, puritanisch und vor allem geizig. Er erwischte den alten Kirchendiener beim Messwein trinken und zog ihm am Ende des Monats den doppelten Preis für die angebrochene Flasche ab. Und immer, wenn der Kirchendiener den Pfarrer fragte, warum er Geld für zwei Flaschen abgezogen habe, erwiderte der: „Ich bin auf diesem Ohr schwerhörig." Das nahm der Diener dem Pfarrer übel.

Zu Weihnachten, während der feierlichen Darstellung der Geburt Christi, pflegte der Pfarrer um Mitternacht eine Runde unter den Arkaden zu drehen und dann laut ans Kirchenportal zu klopfen. Der Kirchendiener stand hinter der Tür und sollte fragen: „Wer klopft an die Tür?" „Hier ist der König der Herrlichkeit, öffnet die Tür!", war die Antwort; dann sollte die Tür aufgehen und der Pfarrer feierlich einziehen, während der Kirchenchor ein Lied über die Freude der Erde bei der Geburt Christi anstimmte und ihn willkommen hieß.

In der Regel war es zu Weihnachten in Ulania immer etwas regnerisch, aber selten kalt, und unter den Arkaden störte der Regen nicht. Doch wie gesagt, in jenem Winter herrschte eine klirrende Kälte. Der Pfarrer wollte gern auf den Rundgang verzichten, doch der Kirchendiener warnte ihn vor dem Zorn der Gläubigen, die diese herrliche Zeremonie liebten, und gab zu bedenken, dass die Verwandten des Bischofs in eben dieser Kirche beteten und sich womöglich bei ihm beschweren würden. Also ging der Pfarrer zur gegebenen Zeit mit zwei Ministranten, die zitternd ihre Weihrauchfässer schwenkten, schnellen Schrittes um die Kirche. Als er das geschlossene Tor der Kirche erreichte, klopfte er hastig.

„Wer klopft an die Tür?", rief der Kirchendiener übertrieben laut.

„Der König der Herrlichkeit!", antwortete der Pfarrer etwas verärgert, weil ihm gerade wieder eine Böe die Kälte in die Knochen trieb.

„Wer? Ich höre nicht! Wer klopft da?", rief der Kirchendiener, und ein teuflisches Lächeln lag dabei auf seinem Gesicht. Einige der Messebesucher grinsten schon.

„Der König der Herrlichkeit! Öffne die Tür!", brüllte der Pfarrer und warf sich gegen die Tür, doch der Kirchendiener hatte sie mit einem Balken verriegelt.

„Warum hast du Geld für zwei Flaschen abgezogen? Wer klopft da? Ich höre schlecht auf diesem Ohr."

Die Geschichte mit dem Wein hatte schon lange die Runde gemacht, und die meisten Gläubigen konnten sich vor Lachen kaum noch auf den Beinen halten.

„Mach endlich auf. Du kriegst dein verdammtes Geld", flüsterte der Pfarrer.

„Wunderbar!", erwiderte der Kirchendiener und öffnete die Tür.

Da stürmte der Pfarrer in die Kirche und krallte sich am Kragen des Kirchendieners fest. „Verfluchter Hurensohn, bist du schwerhörig? Der König der Herrlichkeit! Herrrrrlichkeit!"

Er warf den Kirchendiener auf eine der Sitzbänke und stürmte zum Altar. Auch der Chor konnte sich jetzt kaum noch beruhigen. Der Chorleiter schimpfte laut, und als der Pfarrer mit roter Nase und aus heiserer Kehle „O Jesu Christi, König der Herrlichkeit, sei willkommen!" schrie, erhob sich ein Gelächter, dass er vor Zorn endgültig explodierte. „Ihr Schweine, wir feiern hier die Geburt Jesu Christi, eures Retters!", rief er, aber die Leute lachten. Selbst meine Tante Jasmin, die so fromm war, dass sie jeden Tag in der Kirche betete und sich ihr Leben lang vorm Jüngsten Gericht fürchtete, lachte Tränen.

Der Pfarrer bat noch vor Neujahr um seine Versetzung, und so konnte sich der Kirchendiener wieder ohne Gehaltsabzüge an den guten Messwein halten.

Der uralte Hirte von Bethlehem

RUDOLF OTTO WIEMER

*M*icha möchte gern wissen, ob der Großvater an der Krippe in Bethlehem gewesen ist.

„Oh ja, ich war dort", sagt der Großvater.

„Aber nicht gleich. Jedenfalls ist das lange her."

„Wann?"

„Als ich noch ein Hirt war", sagt der Großvater.

„Hast du das geträumt?"

„Nein", sagt der Großvater, „das denke ich mir aus. Und wahrscheinlich bin ich ein Schafhirte gewesen."

„Ein Schafhirt in Bethlehem?"

„Ja, so stelle ich mir das vor", sagt der Großvater. „Uralt war ich und sehr misstrauisch. Deshalb dachte ich auch gleich an den Wolf"

„Warum an den Wolf?", fragt Micha.

„Hirten müssen immer an den Wolf denken. Hast du nie davon gehört?"

„Doch", sagt Micha. „Der Wolf schleicht nachts

um die Herde und will vielleicht eins von den kleinen Lämmern fressen, wenn keiner aufpasst – sagt Sabine."

„Aha, Sabine aus dem Kindergarten!", nickt der Großvater. „Deshalb dachte ich ja auch: Einer muss bei den Schafen bleiben, wenn sie alle zur Krippe gehen wollen. Damit die Herde nicht ohne Schutz ist."

„Und du bist bei den Schafen geblieben?", fragt Micha.

„Ja", sagt der Großvater. „Ganz allein saß ich in der Hürde und stützte den Kopf in die Hände. Ein Feuerchen brannte, weil es kalt war in dieser Nacht. Um mich herum hatten die Schafe sich zusammengedrängt und ruhten sich aus. Manchmal hörte ich sie leise schnaufen."

„Und dann? Ist der Wolf dann gekommen?"

„Ja. Plötzlich stand er vor mir. Ich muss wohl doch ein wenig eingenickt sein. Da schreckte ich hoch und sah seine großen Augen.

„Was wollte der Wolf?"

„Er hatte gar keine Angst vor mir. Dicht heran kam er und fragte mit seiner rauen Stimme:

‚Weshalb bist du nicht bei der Krippe?' Ich sagte: ‚Weil ich auf dich gewartet habe.' – ‚Was?
Auf mich hast du gewartet?', fragte der Wolf.
‚Warum auf mich?' Ich antwortete: ‚Ich kenne
dich doch. Ich weiß, du hast Hunger und bist
ein gefährlicher Räuber. Aber sieh dich vor!
Ich leide es nicht, wenn du dich in die Herde
einschleichst!' Dabei griff ich zu meiner scharf
geschliffenen Axt."

„Sah der Wolf wirklich böse aus?", fragt Micha.
Der Großvater besinnt sich eine Weile. „Viele
Wölfe habe ich gekannt, solange ich Schafhirte
war. Nie habe ich etwas anderes gehört, als dass
sie Bösewichte sind. Aber merkwürdig, dieser
Wolf kam mir seltsam vor. Scheu blickte er mich
an und schwieg. Deshalb fragte ich ihn: ‚Bist du
denn nicht gekommen, mir ein Schaf oder ein
Lamm wegzurauben?' Der Wolf schüttelte den
Kopf. ‚Nein', sagte er, ‚ein Schaf hätte ich doch
längst rauben können, während du schliefst.
Meinst du nicht, alter Hirt?' Ja, das musste ich
zugeben. Müde war ich gewesen und wenig
wachsam. Ich stellte die Axt auf die Seite.

Fast schämte ich mich vor dem grauen, zottigen Tier. Ich sagte: ‚Das begreife ich nicht, Wolf. Weshalb bist du denn heute so anders?'"

„Und was sagte der Wolf?"

„‚Diese Nacht ist auch anders', sagte er.

Eine hochheilige Nacht hat er sie genannt oder so ähnlich. Ich fragte ihn, woher er das so genau wüsste. ‚Oh', sagte der Wolf, ‚der Stern war sehr groß und der Engel stand leibhaftig auf der Erde. Hast du beides nicht bemerkt?' Ich sagte: ‚Uralte Hirten sind schwerhörig und fast schon blind. Misstrauisch sind sie obendrein.'

Da kam der Wolf noch näher heran und sagte: ‚Hör mal, du musst nach Bethlehem gehen, du blinder, schwerhöriger Hirt. Dort ist ein Stall mit einer Krippe. Und an dieser Krippe bin ich auch gewesen. Ich weiß also jetzt, dass dies eine besondere, eine hochheilige Nacht ist.'"

Micha sagt: „Hat der Wolf das Jesuskind gesehen?"

„Ja, er hat es gesehen. Dicht vor der Krippe hat er gestanden. Um ihn herum die Hirten. Und Ochs und Esel und viele andere Tiere: Katze und Maus, Fuchs und Hase, Löwe und Lamm. Sie alle hockten friedlich nebeneinander, behauptete der Wolf. Keins hat das andere gefressen. Nein, in dieser hochheiligen Nacht sind sie alle wie Bruder und Schwester."

Micha schüttelt den Kopf „Aber es bleibt nicht immer so, hat Sabine gesagt."

„Recht hast du!", ruft der Großvater.

„Aber recht hatte auch der Wolf."

„Was sagte er?"

„‚Geh ohne Sorge', sagte er. ‚Und noch etwas', dabei blickte er mich ernsthaft an.

‚Ich will', sagte er, ‚so lange du fort bist, auf die Schafe und Lämmer Acht geben.

Damit ihnen nichts Böses geschieht. Vielleicht haben nicht alle den Stern und das Kind gesehen.'"

„Bist du dann hingegangen, Großvater?"

„Ja, ich bin nach Bethlehem gegangen und habe das Jesuskind gesehn."

„Und der Wolf hat die Schafe gehütet?"

Der Großvater lacht. „Was meinst du, so etwas Merkwürdiges habe ich noch nie erlebt, so uralt ich auch bin. Bedenke doch, Micha: ein Wolf als Schafhirt! Nein, unmöglich kommt mir das vor, sooft ich daran denke. Und es ist trotzdem wahr."

Die Zeit

der wunderbaren

Geschenke

Wann fängt Weihnachten an?

ROLF KRENZER

*W*enn der Schwache
dem Starken die Schwäche vergibt,
wenn der Starke
die Kräfte des Schwachen liebt,
wenn der Habewas
mit dem Habenichts teilt,
wenn der Laute
bei dem Stummen verweilt
und begreift,
was der Stumme ihm sagen will,
wenn das Leise
laut wird
und das Laute
still,
wenn das Bedeutungsvolle

bedeutungslos,
das scheinbar Unwichtige
wichtig und groß,
wenn mitten im Dunkeln
ein winziges Licht
Geborgenheit,
helles Leben verspricht,
und du zögerst nicht,
sondern du
gehst
so wie du bist
darauf zu,
dann,
ja dann
fängt Weihnachten an.

Der Schatz des Kindes

ANTOINE DE SAINT-EXUPÉRY

*U*nd man sagt dir, die Gesichter in dieser Nacht seien anders als sonst. Denn sie erwarten ein Wunder. Und du siehst, wie die Alten alle ihren Atem anhalten und gebannt auf die Augen der Kinder schauen und sich auf großes Herzklopfen gefasst machen. Denn in den Augen dieser Kinder wird etwas Unfassbares geschehen, das nicht mit Gold aufzuwiegen ist. Das ganze Jahr hindurch hast du es aufgebaut: durch die Erwartung und durch Versprechen und vor allem durch deine wissenden Mienen und deine geheimen Anspielungen und die Unermesslichkeit deiner Liebe. Und dann wirst du irgendein unscheinbares Spielzeug aus gefirnisstem Holz vom Baume nehmen und es dem Kinde reichen, wie es der Überlieferung deiner Bräuche entspricht. Und das ist der Augenblick. Und keiner wagt mehr zu atmen. Und das Kind klappt mit den Lidern, denn man hat es frisch aus dem Schlafe geholt. Und nun sitzt es auf deinen Knien mit dem frischen Geruch des Kindes, das man eben aus dem Schlafe geholt hat, und wenn es dir um den Hals fällt, bereitet es dir einen Brunnen fürs Herz, nach dessen Wasser dich dürstet. (Und das ist der große Kummer der Kinder, dass man ihnen einen Quell ausraubt, der in ihnen ist und den sie selbst nicht kennen und zu dem alle trinken kommen, die im Herzen gealtert sind, um wieder jung zu werden.) Aber es ist jetzt nicht die Zeit für Küsse. Und das Kind blickt auf den Baum, und du blickst auf das Kind. Denn wie eine seltene Blume, die einmal im Jahre unter dem Schnee hervorsprießt, gilt es, sein verwundertes Staunen zu pflücken.

Und sieh, da macht dich eine gewisse Farbe der Augen ganz glücklich. Sie werden dunkel, und plötzlich, sobald das Geschenk es berührt hat, umschlingt das Kind seinen Schatz, um innen sein Licht zu empfangen, so wie die Seeanemonen das tun. Und es würde fliehen, wenn du es fliehen ließest. Und du kannst nicht mehr hoffen, es einzuholen. Sprich nicht zu ihm, es hört dich nicht mehr. Sage mir nur nicht, diese kaum veränderte Farbe sei ohne Gewicht. Denn selbst wenn sie für dein Jahr und den Schweiß deiner Arbeit und das Bein, das du im Kriege verloren hast, und deine durchgrübelten Nächte und die Kränkungen und Leiden, die du erduldest, der einzige Lohn wäre – sie würde dich doch jetzt entschädigen und dich mit Staunen erfüllen.

Il Panettone

MAX BOLLIGER

*N*ichts für dich!", sagte sie. „ Luigi schaute seine Schwiegertochter misstrauisch an. Maria lachte. Es fiel ihr schwer, die Schadenfreude zu verbergen. „Wirklich nichts!", sagte sie noch einmal. Sie würde sich hüten, das Paket für ihn in Empfang zu nehmen. Vor einem Jahr hatte ihr der Alte deswegen eine Szene gemacht.

Luigi wurde von Jahr zu Jahr merkwürdiger. Seine Marotten waren oft kaum noch zu ertragen. Aber Franco zeigte kein Verständnis für ihre Klagen. Er hatte gut reden. Er brauchte nicht von morgens bis abends mit seinem Vater zusammen zu sein.

Es war fünf Tage vor Weihnachten. Das Paket, das Luigi so ungeduldig erwartete, war ein Panettone, ein Geschenk der Fabrik an ihre pensionierten Arbeiter.

Vierundfünfzig Jahre hatte Luigi in der Spinnerei

gearbeitet. Eigentlich genau von dem Tag an, als er aus der Schule gekommen war. Sie war ein Teil von ihm selbst geworden. Als der Besitzer der Fabrik in den dreißiger Jahren Konkurs gemacht hatte und beinahe die ganze Belegschaft entlassen musste, hatte Luigi ihm sein Erspartes angeboten. Der Direttore war ein Herr, ein richtiger Herr … Seit seinem Schlaganfall zeigte er sich selten im Dorf, aber seine alten Arbeiter kannte er trotzdem noch jeden beim Namen. Er war fünfundachtzig Jahre alt, genau wie Luigi. Damals, in jenem schlechten Jahr, hatte er den wenigen im Betrieb verbliebenen Arbeitern zu Weihnachten einen Panettone geschenkt. Daraus war eine Tradition geworden.

„Die verdammten Pakete!", schimpfte der junge Briefträger vor sich hin. In der Nacht war Schnee gefallen. Es war unmöglich, mit dem Handwagen die engen Gassen hinauf- und hinunterzufahren. Missmutig stapfte Remo durch den Schnee. Viele der alten Leute unterließen es, ihn von den Treppen und vor den Türen ihrer ineinander verschachtelten Häuser wegzufegen. Sie blieben einfach vor dem Kamin hocken und warteten, bis die Sonne wiederkam. Und gerade heute musste er nun die unförmigen Panettoneschachteln austragen. Sechsunddreißig Stück! Einige davon in die weit auseinander liegenden Weiler hinaus.

Als Remo den voll beladenen Wagen über die steinerne Brücke zog, hätte er ihn am liebsten in den Fluss gekippt. Was lag den alten Männern und Frauen denn an diesen Kuchen! Den konnten sie sich heute selber kaufen, wenn sie Lust darauf hatten. Die verdammten Kuchen waren nichts anderes als ein Almosen, ein Trostpflaster für die Armen. Ausgenutzt hatte man sie, jahrzehntelang! Der alte Direttore war ein Halsabschneider. Remo dachte an seine riesige, von einem Park und einer hohen Mauer umgebene Villa, mit Wandgemälden geschmückt, vergoldeten Wasserhähnen in den Badezimmern, Stuckaturen an den Decken … Zum Glück hatten sich die Zeiten geändert. Und sie würden sich weiter ändern. Als Mitglied der Arbeiterpartei würde auch er dafür sorgen.

Remo war vor Luigis Haus angekommen.

Obwohl es immer noch schneite und ein scharfer Wind wehte, stand der Alte vor der Tür und erwartete ihn. „Endlich!", brummte er, als er das Paket entgegennahm.

„Wirst du ihn noch beißen können?", fragte Remo.

„In Kaffee getunkt, schmeckt er prima!" Luigi spürte den Spott in Remos Stimme nicht.

„Was liegt dir eigentlich an dem alten Zopf?", bohrte Remo weiter.

Luigi gab keine Antwort. Er hielt das Paket in den Händen und musterte die Adresse. Sie stimmte. Sie kannten ihn also noch, sie hatten ihn nicht vergessen …

„Es wäre gescheiter, sie würden euch einen Hunderter schicken", fuhr Remo fort. Er versuchte, den Alten in Harnisch zu bringen, doch es gelang ihm nicht.

„Ich werde mit denen da unten einmal reden", sagte er und zeigte mit dem Finger auf die am Fluss in der Talsohle gelegene Fabrik. Von den Baulichkeiten, in denen Luigi gearbeitet hatte, war nicht mehr viel übrig geblieben. Seit die

beiden Söhne des Direttore die Leitung über-
nommen hatten, war vieles anders geworden.
In der Trattoria erzählten die jungen Arbeiter
von Computern, von modernen Maschinen,
einer neuen Kantine, von Mitbestimmung und
Gewerkschaftsverträgen.
Luigi hörte ihnen verständnislos zu. War das
überhaupt noch seine Fabrik? Ja, solange an
Weihnachten der Panettone kam ...
Er klaubte einen Franken aus seiner Westen-
tasche und reichte ihn dem Briefträger. „Für
dich!", sagte er gönnerhaft.
Remo steckte das Geldstück ein. Er war wütend. Am liebsten hätte er es dem Alten vor die
Füße geworfen. Dieser Trottel! Aber er getraute
sich nicht, ihn zu beleidigen. Luigi war sicher
der Einzige, dem an diesem verdammten Kuchen noch etwas lag.
Im Jahr darauf lag Luigi im Dezember mit einer
Lungenentzündung im Bett. Die Asthmaanfälle
folgten einander in immer kürzeren Abständen.
Er war davon so geschwächt, dass er das Bett
kaum mehr verlassen konnte.

Aber den Panettone hatte er nicht vergessen. Schon zwei Wochen vor Weihnachten fing er an, Maria damit zu quälen.

„Ist er immer noch nicht gekommen?", keuchte er. Er musste einsehen, dass er den Empfang des Paketes wohl oder übel Mafia überlassen musste.

Ob sie in der Fabrik daran dachten? Im Herbst war der Direttore gestorben. Obwohl Luigi damals schon an einer schweren Bronchitis litt, hatte er sich weder von seinem Sohn noch von seiner Schwiegertochter abhalten lassen, am Begräbnis teilzunehmen.

Von weit her waren die Leute gekommen, neben den Honoratioren viele ehemalige Arbeiter und Arbeiterinnen. Luigi hatte Freunde getroffen. Es war ein Fest geworden, und nicht nur Luigi hatte ein Glas zu viel getrunken. Seither hatte man ihn in der Trattoria nicht mehr gesehen.

„Er ist viel erträglicher, seit er im Bett liegt", sagte Maria zu Franco. Er war dankbar für die Pflege, und das rührte sie.

„Nur nicht ins Krankenhaus!", bat er. Seine Frau war im Krankenhaus gestorben, und er hatte Angst davor.

„Wir behalten dich zu Hause, solange es geht", versprach ihm Franco. Es war Luigis Haus. Er hatte es mühsam aus dem zusammengespart, was er aus seinem Verdienst erübrigen konnte.

Die Jungen schienen das vergessen zu haben. Sie hatten seit Jahren von dem Haus Besitz ergriffen, es umgebaut, ein Badezimmer eingerichtet, als ob es ihnen schon gehörte.

Luigi ließ sie gewähren. Was ihn nun beschäftigte, war sein Panettone.

„Er ist besessen davon", sagte Maria zu Remo. Es schien, als ob sein Leben nur noch an diesem Kuchen hinge.

Drei Tage vor Weihnachten erhielt Luigi seinen Panettone.

Maria wunderte sich und schaute den Briefträger fragend an. Nicht nur Remo, sondern auch sie hatte gehört, der Panettone sei als sinnloses Überbleibsel aus den Vorkriegsjahren von den Söhnen des Direttore abgeschafft worden. Aber weder sie noch Franco hatten gewagt, es dem Vater zu sagen. Insgeheim hofften sie, er würde das Fest nicht überleben.

„Ich möchte ihm das Paket persönlich überreichen", sagte Remo.

Als er die Kammer Luigis betrat, schrak er zusammen. Er erkannte ihn kaum wieder. „Hier, dein Panettone!", sagte er eingeschüchtert.

Luigi versuchte, sich zu erheben. Es gelang ihm nicht. Aber als ihm Remo das Paket auf die Bettkante legte, fingen seine Augen an zu glänzen.

Wie früher prüfte er die Adresse. Sie stimmte. Für ihn war Weihnachten geworden. Er wandte sich Maria zu. „Gib ihm einen Franken!", flüsterte er.

Remo nahm ihn entgegen. Zum ersten Mal brauchte er sich nicht zu überwinden, danke zu sagen.

„Woher hast du den Panettone?", fragte Maria, als sie Remo vor die Haustüre begleitete.

Remo zögerte. Sollte er ihr erzählen, dass er eigens dafür in die Stadt gefahren war, dass er sich in der Fabrik eine Klebeadresse erbeten und das

Paket selbst gemacht hatte? Nein, wozu auch!
Er fühlte sich plötzlich in seine Kindertage
zurückversetzt und erinnerte sich daran, wie
wunderbar es gewesen war, ein Geheimnis zu
haben.

„Vom Christkind!", sagte er und machte sich
mit seiner Briefträgertasche davon.

Ein Weihnachtsengel

WALTER BENJAMIN

$\mathcal{M}$it den Tannenbäumen begann es. Eines Morgens, noch ehe Ferien waren, hafteten an den Straßenecken die grünen Siegel, die die Stadt wie ein großes Weihnachtspaket an hundert Ecken und Kanten zu sichern schienen. Dann barst sie eines schönen Tages dennoch, und Spielzeug, Nüsse, Stroh und Baumschmuck quollen aus ihrem Innern: der Weihnachtsmarkt. Mit ihnen quoll noch etwas anderes hervor: die Armut. Wie nämlich Äpfel und Nüsse mit ein wenig Schaumgold neben dem Marzipan sich auf dem Weihnachtsteller zeigen durften, so auch die armen Leute mit Lametta und bunten Kerzen in den bessern Vierteln. Die Reichen schickten ihre Kinder vor, um jenen der Armen wollene Schäfchen abzukaufen oder Almosen auszuteilen, die sie selbst vor Scham nicht über ihre Hände brachten. Inzwischen stand bereits auf der Veranda der Baum, den meine Mutter insgeheim gekauft und über die Hintertreppe in die Wohnung hatte bringen lassen. Und wunderbarer als alles, was das Kerzenlicht ihm gab, war, wie das nahe Fest in seine Zweige mit jedem Tage dichter sich verspann. In den Höfen begannen die Leierkästen die letzte Frist mit Chorälen zu dehnen. Endlich war sie dennoch verstrichen und einer jener Tage wieder da, an deren frühesten ich mich hier erinnere. In meinem Zimmer wartete ich, bis es sechs werden wollte.

Kein Fels des späteren Lebens kennt diese Stunde, die wie ein Pfeil im Herzen des Tages zittert. Es war schon dunkel, trotzdem entzündete ich nicht die Lampe, um den Blick nicht von den Fenstern überm Hof zu wenden, hinter denen nun die ersten Kerzen zu sehen waren. Es war von allen Augenblicken, die das Dasein des Weihnachtsbaumes hat, der bänglichste, in dem er Nadeln und Geäst dem Dunkel opfert, um nichts zu sein als ein unnahbares, doch nahes Sternbild im trüben Fenster einer Hinterwohnung. Und wie ein solches Sternbild hin und wieder eins der verlassnen Fenster begnadete, indessen viele weiter dunkel blieben und andere, noch trauriger, im Gaslicht der frühen Abende verkümmerten, schien mir, dass diese weihnachtlichen Fenster die Einsamkeit, das Alter und das Darben – all das, wovon die armen Leute schwiegen – in sich fassten. Dann fiel mir wieder die Bescherung ein, die meine Eltern eben rüsteten. Kaum aber hatte ich so schweren Herzens, wie nur die Nähe eines sichern Glücks es macht, mich von dem Fenster abgewandt, so spürte ich eine fremde Gegenwart im Raum. Es war nichts als ein Wind, sodass die Worte, die sich auf meinen Lippen bildeten, wie Falten waren, die ein träges Segel plötzlich vor einer frischen Brise wirft:

> ‚Alle Jahre wieder
> Kommt das Christuskind
> Auf die Erde nieder
> Wo wir Menschen sind.‘

– mit diesen Worten hatte sich der Engel, der in ihnen begonnen hatte, sich zu bilden, auch ver-

flüchtigt. Nicht mehr lange blieb ich im leeren
Zimmer. Man rief mich in das gegenüberliegen-
de, in dem der Baum nun in die Glorie einge-
gangen war, welche ihn mir entfremdete, bis er,
des Untersatzes beraubt, im Schnee verschüttet
oder im Regen glänzend, das Fest da endete, wo
es ein Leierkasten begonnen hatte.

Momo besucht ihre Freunde und wird von einem Feind besucht

MICHAEL ENDE

*K*urze Zeit später – es war an einem besonders heißen Mittag – fand Momo auf den Steinstufen der Ruine eine Puppe.

Nun war es schon öfter vorgekommen, dass Kinder eines der teuren Spielzeuge, mit denen man nicht wirklich spielen konnte, einfach vergessen und liegen gelassen hatten. Aber Momo konnte sich nicht erinnern, diese Puppe bei einem der Kinder gesehen zu haben. Und sie wäre ihr bestimmt aufgefallen, denn es war eine ganz besondere Puppe.

Sie war fast so groß wie Momo selbst und so naturgetreu gemacht, dass man sie beinahe für einen kleinen Menschen halten konnte. Aber sie sah nicht aus wie ein Kind oder ein Baby, sondern wie eine schicke junge Dame oder eine Schaufensterfigur. Sie trug ein rotes Kleid mit kurzem Rock und Riemchenschuhe mit hohen

Absätzen. Momo starrte sie fasziniert an. Als sie sie nach einer Weile mit der Hand berührte, klapperte die Puppe einige Male mit den Augendeckeln, bewegte den Mund und sagte mit einer Stimme, die etwas quäkend klang, als käme sie aus einem Telefon: „Guten Tag. Ich bin Bibigirl, die vollkommene Puppe."

Momo fuhr erschrocken zurück, aber dann antwortete sie unwillkürlich: „Guten Tag, ich heiße Momo."

Wieder bewegte die Puppe ihre Lippen und sagte: „Ich gehöre dir. Alle beneiden dich um mich."

„Ich glaub' nicht, dass du mir gehörst", meinte Momo. „Ich glaub' eher, dass dich jemand hier vergessen hat."

Sie nahm die Puppe und hob sie hoch. Da bewegten sich deren Lippen wieder und sie sagte: „Ich möchte noch mehr Sachen haben."

„So?", antwortete Momo und überlegte. „Ich weiß nicht, ob ich was hab', das zu dir passt. Aber warte mal, ich zeig' dir meine Sachen, dann kannst du ja sagen, was dir gefällt."

Sie nahm die Puppe und kletterte mit ihr durch

das Loch in der Mauer in ihr Zimmer hinunter. Sie holte eine Schachtel mit allerlei Schätzen unter dem Bett hervor und stellte sie vor Bibigirl hin.

„Hier", sagte sie, „das ist alles, was ich hab'. Wenn dir was gefällt, dann sag's nur."

Und sie zeigte ihr eine hübsche bunte Vogelfeder, einen schön gemaserten Stein, einen goldenen Knopf, ein Stückchen buntes Glas. Die Puppe sagte nichts und Momo stieß sie an.

„Guten Tag", quäkte die Puppe, „ich bin Bibigirl, die vollkommene Puppe."

„Ja", sagte Momo, „ich weiß schon. Aber du wolltest dir doch was aussuchen, Bibigirl. Hier hab' ich zum Beispiel eine schöne rosa Muschel. Gefällt sie dir?"

„Ich gehöre dir", antwortete die Puppe, „alle beneiden dich um mich."

„Ja, das hast du schon gesagt", meinte Momo. „Aber wenn du nichts von meinen Sachen magst, dann könnten wir vielleicht spielen, ja?"

„Ich möchte noch mehr Sachen haben", wiederholte die Puppe.

„Mehr hab' ich nicht", sagte Momo. Sie nahm die Puppe und kletterte wieder ins Freie hinaus. Dort setzte sie die vollkommene Bibigirl auf den Boden und nahm ihr gegenüber Platz.

„Wir spielen jetzt, dass du zu mir zu Besuch kommst", schlug Momo vor.

„Guten Tag", sagte die Puppe, „ich bin Bibigirl, die vollkommene Puppe."

„Wie nett, dass Sie mich besuchen!", erwiderte Momo. „Woher kommen Sie denn, verehrte Dame?"

„Ich gehöre dir", fuhr Bibigirl fort, „alle beneiden dich um mich."

„Also hör mal", meinte Momo, „so können wir doch nicht spielen, wenn du immer das gleiche sagst."

„Ich möchte noch mehr Sachen haben", antwortete die Puppe und klimperte mit den Wimpern.

Momo versuchte es mit einem anderen Spiel, und als auch das misslang, mit noch einem anderen und noch einem und noch einem. Aber es wurde einfach nichts daraus. Ja, wenn die

Puppe gar nichts gesagt hätte, dann hätte Momo an ihrer Stelle antworten können, und es hätte sich die schönste Unterhaltung ergeben. Aber so verhinderte Bibigirl gerade dadurch, dass sie redete, jedes Gespräch. Nach einer Weile überkam Momo ein Gefühl, das sie noch nie zuvor empfunden hatte. Und weil es ihr ganz neu war, dauerte es eine Weile, bis sie begriff, dass es die Langeweile war.

Momo fühlte sich hilflos. Am liebsten hätte sie die vollkommene Puppe einfach liegen lassen und etwas anderes gespielt, aber sie konnte sich aus irgendeinem Grund nicht von ihr losreißen. So saß Momo schließlich nur noch da und starrte die Puppe an, die ihrerseits wieder mit blauen, gläsernen Augen Momo anstarrte, als hätten sie sich gegenseitig hypnotisiert.

Schließlich wandte Momo ihren Blick mit Willen von der Puppe weg – und erschrak ein wenig. Ganz nah stand nämlich ein elegantes aschengraues Auto, dessen Kommen sie nicht bemerkt hatte. In dem Auto saß ein Herr, der einen spinnwebfarbenen Anzug anhatte, einen grauen steifen Hut auf dem Kopf trug und eine kleine graue Zigarre rauchte. Auch sein Gesicht sah aus wie graue Asche. Der Herr musste sie wohl schon eine ganze Weile beobachtet haben, denn er nickte Momo lächelnd zu. Und obwohl es so heiß an diesem Mittag war, dass die Luft in der Sonnenglut flimmerte, begann Momo plötzlich zu frösteln.

Jetzt öffnete der Mann die Wagentür, stieg aus und kam auf Momo zu. In der Hand trug er eine bleigraue Aktentasche.

„Was für eine schöne Puppe du hast!", sagte er mit eigentümlich tonloser Stimme. „Darum können dich alle deine Spielkameraden beneiden."

Momo zuckte nur die Schultern und schwieg.

„Die war bestimmt sehr teuer?", fuhr der graue Herr fort.

„Ich weiß gar nicht", murmelte Momo verlegen, „ich hab sie gefunden."

„Was du nicht sagst!", erwiderte der graue Herr, „Du bist ja ein richtiger Glückspilz, scheint mir."

Momo schwieg wieder und zog sich ihre viel

zu große Männerjacke enger um den Leib. Die Kälte nahm zu.

„Ich habe allerdings nicht den Eindruck", meinte der graue Herr mit dünnem Lächeln, „als ob du dich so besonders freust, meine Kleine."

Momo schüttelte ein wenig den Kopf. Es war ihr plötzlich, als sei alle Freude für immer aus der Welt verschwunden – nein, als habe es überhaupt niemals so etwas gegeben Und alles, was sie dafür gehalten hatte, war nichts als Einbildung gewesen. Aber gleichzeitig fühlte sie etwas, das sie warnte.

„Ich habe dich schon seit einer ganzen Weile beobachtet", fuhr der graue Herr fort, „und mir scheint, du weißt überhaupt nicht, wie man mit einer so fabelhaften Puppe spielen muss. Soll ich es dir zeigen?"

Momo blickte den Mann überrascht an und nickte.

„Ich will noch mehr Sachen haben", quäkte die Puppe plötzlich.

„Na, siehst du, Kleine", meinte der graue Herr, „sie sagt es dir sogar selbst. Mit einer so fabelhaften Puppe kann man nicht spielen wie mit irgendeiner anderen, das ist doch klar. Dazu ist sie auch nicht da. Man muss ihr schon etwas bieten, wenn man sich nicht mit ihr langweilen will. Pass mal auf, Kleine!"

Er ging zu seinem Auto und öffnete den Kofferraum.

„Zuerst einmal", sagte er, „braucht sie viele Kleider. Hier ist zum Beispiel ein entzückendes Abendkleid."

Er zog es hervor und warf es Momo zu.

„Und hier ist ein Pelzmantel aus echtem Nerz. Und hier ist ein seidener Schlafrock. Und hier ein Tennisdress. Und ein Skianzug. Und ein Badekostüm. Und ein Reitanzug. Ein Pyjama. Ein Nachthemd. Ein anderes Kleid. Und noch eins. Und noch eins. Und noch eins …"

Er warf alle die Sachen zwischen Momo und die Puppe, wo sie sich langsam zum Haufen türmten.

„So", sagte er und lächelte wieder dünn, „damit kannst du erst einmal eine Weile spielen, nicht wahr, Kleine? Aber das wird nach ein paar Tagen auch langweilig, meinst du? Nun gut, dann musst du eben mehr Sachen für deine Puppe haben."

Wieder beugte er sich über den Kofferraum und warf Sachen zu Momo herüber.

„Hier ist zum Beispiel eine richtige kleine Handtasche aus Schlangenleder, mit einem echten kleinen Lippenstift und einem Puderdöschen drin. Hier ist ein kleiner Fotoapparat. Hier ist ein Tennisschläger. Hier ein Puppenfernseher, der echt funktioniert. Hier ein Armband, eine Halskette, Ohrringe, ein Puppenrevolver, Seidenstrümpfchen, ein Federhut, ein Strohhut, ein Frühjahrshütchen, Golfschlägerchen, ein kleines Scheckbuch, Parfümfläschchen, Badesalz, Körperspray …" Er machte eine Pause und blickte Momo prüfend an, die wie gelähmt zwischen all den Sachen am Boden saß.

„Du siehst", fuhr der graue Herr fort, „es ist ganz einfach. Man muss nur immer mehr und mehr haben, dann langweilt man sich niemals. Aber vielleicht denkst du, dass die vollkommene Bibigirl eines Tages *alles* haben wird und dass es dann eben doch wieder langweilig werden könnte. Nein, meine Kleine, keine Sorge! Da haben wir nämlich einen passenden Gefährten für Bibigirl."

Und nun zog er aus dem Kofferraum eine andere Puppe hervor. Sie war ebenso groß wie Bibigirl, ebenso vollkommen, nur dass es ein junger Mann war. Der graue Herr setzte ihn neben Bibigirl, die vollkommene, und erklärte: „Das ist Bubiboy! Für ihn gibt es auch wieder eine unendliche Menge Zubehör. Und wenn das alles, alles langweilig geworden ist, dann gibt es noch eine Freundin von Bibigirl, und sie hat eine ganz eigene Ausstattung, die nur ihr passt. Und zu Bubiboy gibt es noch einen dazu passenden Freund, und der hat wieder Freunde und Freundinnen. Du siehst also, es braucht nie wieder Langeweile zu geben, denn die Sache ist endlos fortzusetzen, und es bleibt immer noch etwas, das du dir wünschen kannst."

Während er redete, holte er eine Puppe nach der anderen aus dem Kofferraum seines Wagens, dessen Inhalt unerschöpflich schien, und stellte sie um Momo herum, die noch immer reglos dasaß und dem Mann eher erschrocken zuguckte.

„Nun?", sagte der Mann schließlich und paffte dicke Rauchwolken, „hast du jetzt begriffen, wie man mit einer solchen Puppe spielen muss?"

„Schon", antwortete Momo. Sie begann jetzt vor Kälte zu zittern.

Der graue Herr nickte zufrieden und sog an seiner Zigarre.

„Nun möchtest du alle diese schönen Sachen natürlich gern behalten, nicht wahr? Also gut, meine Kleine, ich schenke sie dir! Du bekommst das alles – nicht sofort, sondern eines nach dem anderen, versteht sich! – und noch viel, viel mehr. Du brauchst auch nichts dafür zu tun. Du solltest nur damit spielen, so wie ich es dir erklärt habe. Nun, was sagst du dazu?"

Der graue Herr lächelte Momo erwartungsvoll an, aber da sie nichts sagte, sondern nur ernst seinen Blick erwiderte, setzte er hastig hinzu: „Du brauchst dann deine Freunde gar nicht mehr, verstehst du? Du hast ja nun genug Zerstreuung, wenn all diese schönen Sachen dir gehören und du immer noch mehr bekommst, nicht wahr? Und das willst du doch? Du willst doch diese fabelhafte Puppe? Du willst sie doch unbedingt, wie?"

Momo fühlte dunkel, dass ihr ein Kampf bevorstand, ja, dass sie schon mittendrin war. Aber sie wusste nicht, worum dieser Kampf ging, und nicht, gegen wen. Denn je länger sie diesem Besucher zuhörte, desto mehr ging es ihr mit ihm, wie es ihr vorher mit der Puppe gegangen war: Sie horte eine Stimme, die redete, sie hörte Worte, aber sie hörte nicht den, der sprach. Sie schüttelte den Kopf.

„Was denn, was denn?", sagte der graue Herr und zog die Augenbrauen hoch. „Du bist immer noch nicht zufrieden? Ihr heutigen Kinder seid aber wirklich anspruchsvoll! Möchtest du mir wohl sagen, was dieser vollkommenen Puppe denn nun noch fehlt?"

Momo blickte zu Boden und dachte nach.

„Ich glaub'", sagte sie leise, „man kann sie nicht lieb haben."

Es hätte sehr feierlich sein können

PETER HÄRTLING

*D*ie Türen zu Herren- und Speisezimmer sind verschlossen; dort werden die Geschenke gestapelt. Aber andere Geschenke dürfen wir sehen und in Empfang nehmen. Wenn es schellt, rennen Lore und ich zur Tür. Manchmal werden wir enttäuscht, dann ist es der Briefträger oder irgendein Besucher, doch oft stehen eine Bäuerin oder ein Bauer vor der Schwelle, verlangen Vater und Mutter zu sprechen. Sie werden in die Küche geführt, und dort ziehen sie aus Korb oder Tasche den Segen, der uns graust und anzieht: einen Hasen, eine Gans, eine Ente. Es seien „Naturalien", erklären sie. Ein Wort, das sich mir einprägt, sich ständig weitet und am Ende zahllose nützliche Dinge einschließt. Mit diesen Naturalien danken sie Vater, der sie vor Gericht verteidigt hat. Oft sind es Tschechen, die aus kleinen Orten in der Hana, der großen Ebene an der March, angereist kommen. So gut wird es uns nie wieder gehen, sagt Mutter ein ums andere Mal. Vater ist stolz. Er erzählt von den Spendern, diesen „armen Würsteln", die sich mit dem neuen Recht nicht auskennen.

Eine Gans und zwei Hasen bleiben übrig; alles andere wird weiterverschenkt, an Bohumila, unser tschechisches Dienstmädchen, an den alten Anwalt, an dessen Freunde, an Klienten. Mutter hält sich fast nur noch in der Küche auf, rupft, zieht ab, berauscht sich mit Bohumila über die Erweiterung des Küchenzettels: dass wir einmal richtig schlemmen können und nicht nur zwischen Erbseneintopf, Armem Ritter und Kartoffelgulasch zu wählen haben. Es wäre schön, wir könnten so, geschäftig und redend, auf das Fest zutreiben, ich könnte ungefragt von der Schule erzählen, vor der ich mich geängstigt habe, in der ich aber unerwartet rasch Freunde gewann und die beherrscht wurde von dem Oberlehrer Kögler, der aus dem Riesengebirge stammte, wie Rübezahl aussah und ein noch gewaltigerer Heldenbeschwörer war als Kutzschebauch in Hartmannsdorf, Tschechen als Kreaturen bezeichnete und die Schlacht um Stalingrad als den Schlusspunkt des Kampfes gegen den Bolschewismus ansah. Nur ist es wichtig, Buben, fürs Winterhilfswerk zu sammeln, damit die Soldaten auch dicke Mäntel und festes Schuhwerk bekommen. Mutter schüttelt den Kopf, nennt den Oberlehrer einen dummen Schwärmer. Ich finde das ungerecht, denn schließlich hat er im Ersten Weltkrieg am Isonzo gestanden und war verwundet worden. Wenn Vater mir zuhört, presst er die Lippen zusammen. Kögler zählt offenbar zu denen, die er meidet. Immerhin redet er sie mir nicht aus. Er will nichts von ihnen wissen, wie von vielem nicht. Insgeheim und in Wachträumen rufe ich die Bewunderten gegen Vater zusammen, fühle mich stärker als er, fast schon wie ein Held. Weil Vater den Helden ausweicht und sich vor dem Kampf drückt, bin ich eigentlich ein Kind des Führers. Und natürlich liebe ich Mutter, die mir ab und zu mit ihrem Spott zwar unheimlich ist, aber niemals feige sein wird.

Die Vorbereitungen wurden turbulent, als der Weihnachtsbesuch, Großmutter und Tante Käthe, eintraf. Ein Plan Vaters verdarb mir schließlich alle Vorfreude. Er machte mich erst am Tag vor Weihnachten damit vertraut, weil er wohl ahnte, in welche Pein er mich bringen würde. Er saß an dem leeren Schreibtisch im Herrenzimmer, bat mich, ein wenig gereizt, Platz zu nehmen und, bitte, zuzuhören.

Ich möchte, begann er, dass wir diese Weihnachten besonders feierlich begehen, und habe dir eine wichtige Aufgabe zugedacht. Hörst du? Eine besonders wichtige Aufgabe. Du hast eine hübsche Stimme und deklamierst ja gerne. Ich habe also einen Geiger engagiert, der dich beim Singen begleiten soll. Mehr als zwei Lieder wünsche ich gar nicht. Sagen wir, Stille Nacht und Oh du fröhliche. Im Übrigen – Vater sah auf die Armbanduhr – wird der Musiker gleich hier sein. Ihr solltet wenigstens einmal zusammen proben. Ich antworte nicht. Ich kann es nicht. Schreck und Verblüffung machen mich starr, ich hoffe, dass ich die Stimme verliere, niemals singen kann, niemals.

Er merkt anscheinend nicht, dass ich die Sprache verloren habe, und beugt sich fragend nach vorne: Was meinst du?

Endlich kann ich mich hören. Das Nein steht sichtbar vor meinem Mund, wie eine Sperre.

Bist du verrückt? Er steht auf. Seine Hand drückt meinen Hals. Willst du mir alles verderben?

Da er genau geplant hat, führt Bohumila den Geiger herein, einen kleinen verschwitzten Herrn, der eine Verbeugung nach der andern macht, mir flüchtig mit feuchter Hand die Wange tätschelt und dennoch entschieden den Herrn Doktor bittet, „uns zwei Musikanten" allein zu lassen. Dem Geiger scheint der Auftrag nicht weiter peinlich zu sein, und er beginnt, mich zu trösten: Also, Bub, ein solches Konzert geht schneller vorüber als man denkt. Besonders an Festen. Da ist jeder so aufgeregt, dass ein Patzer gar nichts bedeutet. Die Kunst muss das Gefühl verstärken, sonst nichts. Und was heißt schon Kunst. Ich rate dir, sing leis, dann werden sie besonders gerührt sein, auch wenn du stockst oder ein Wort vergisst. Es schadet nichts. Und überhaupt bin ich hier, um dir zu helfen. Denk daran, die Geige lässt dich nicht im Stich. Zwei Lieder, was sag ich, vergehen wie im Flug.

Er zieht ein schmutziges, zerknülltes Tuch aus der Hosentasche, klemmt es zusammen mit der Geige unters Kinn, stimmt das Instrument, blinzelt mir zu, zieht mich in ein Vertrauen, das ich zu ihm so wenig wie zu den anderen Erwachsenen habe, und befiehlt: Stell dich am gescheitesten direkt neben mich, schon von wegen der Intonation.

Die Geige klingt zu meiner Überraschung mächtig und klar.

Zaghaft stimme ich ein. Ich flüstere mehr als dass ich singe. Er unterbricht das Spiel.

Ein bissel lauter müsste es schon sein. Piano meinetwegen, nicht pianissimo. Verstehst mich?

Ich versteh ihn gut.

Am liebsten würde ich ihm bloß zuhören.

Wir proben jedes Lied zweimal. Dann packt er

unverzüglich die Geige in den Kasten, tätschelt mir die Wange, riecht, als habe er sich in Eukalyptusessenz gebadet.

Wir werden's überstehen, Bub. Denk an die Rührung.

Ich höre, wie er im Vorsaal mit Vater redet. Vater muss gelauscht und ihn abgefangen haben, vielleicht, um ihn zu bezahlen, vielleicht auch, um sich nach meiner Gesangskunst zu erkundigen.

Am Heiligen Abend weckte mich Geschrei. Die drei Frauen überboten sich in lärmender Hilfsbereitschaft. Nein, lass mich den Vorsaal bohnern, inzwischen kannst du die Küche – Ich bitte dich, das macht doch keine Umstände, noch den Teppich – Ehe Rudi den Baum schmückt, sollte aber – Die Fülle für die Gans müsste jetzt, wenn nicht – Die Würstel müssten noch heute Vormittag – Wer geht mit den Kindern spazieren, ehe – Ich hasse sie, ich hasse diese Stimmen, die mir die Freude nehmen, ich möchte das Fest verschlafen, das sie für sich und nicht für Lore und mich veranstalten, ich möchte ihnen nicht vorsingen müssen und ihnen helfen, in Tränen auszubrechen. Aber Mutter ist schon im Zimmer, zieht die Rollläden hoch und ihre Unrast elektrisiert uns. Raus! Ihr Siebenschläfer! Ihr habt eine Menge zu tun. Ihr müsst einkaufen gehen und Bohumila das Weihnachtsgeschenk bringen.

Wir werden von Befehlen, Anordnungen, Bitten, Zurufen in Bewegung gehalten, dürfen da nicht hinein, müssen dort die Augen schließen, gehen Großmutter auf die Nerven, sollen Tante Käthe in Frieden lassen.

Die Kartoffelsuppe, „jetzt-will-sie-keiner-mehr-gekocht-haben", um die wir uns mittags versammeln, schmeckt angebrannt. Die Frauen streiten sich, bis die Schüssel leer ist, Vater wortlos den Stuhl hinter sich schiebt, und uns Kinder mit einem Kopfnicken auffordert, ihm zu folgen.

Er sagt: Es wird ihnen gar nicht auffallen, wenn wir verschwinden. Er hilft uns in die Mäntel, wickelt die Schals um unsere Hälse und wendet sich mit dieser ungewohnten Aufmerksamkeit gegen die Zerstörung, den Zwist. Wir wandern an seinen Händen durch die Stadt. Erst an dem Marcharm entlang, der hinter unserem Haus vorbeiführt, dann hinauf zu den beiden großen Plätzen, umkreisen die Dreifaltigkeitssäule und mehrfach das Rathaus, ziehen Spuren durch den Schnee, sehen zur Kunstuhr hoch, deren Erbauer, so erfuhr ich in der Schule, geblendet wurde, weil man ihn für einen Hexenmeister hielt, und beenden unseren Rundgang, wie ich es erwartet habe, im Café Rupprecht, in dem Vater Stammgast ist, wo er abends oft Billard spielt. Wir sitzen zwischen alten Männern, schlürfen Tee, ich spüre, dass ihnen meine Blicke lästig sind. Ich komme mir vor wie auf einem Schiff, auf dem man vergessen hat, dass Weihnachten ist.

Ein Herr tritt an unseren Tisch, fragt Vater, ob er auf eine Partie Billard Lust habe. Wir ziehen ihm nach, in den Raum, wo die drei Billardtische stehen, setzen uns. Ich höre, wie die Kugeln aufeinanderprallen, träume vor mich hin, wünsche mir, dass die Ruhe bis zur Bescherung nicht gestört werde.

Als wir das Café verlassen, ist es dunkel. Schön,

sagt Vater und saugt die kalte Luft hörbar ein. Sie werden uns sicher schon erwarten.

Wir werden tatsächlich erwartet, doch anders, als wir es erhoffen, mit einer Art Kriegsbericht, und erst allmählich verstehen wir, was für ein Unglück geschehen ist: Mutter habe den Gasofen anzünden wollen und er sei explodiert, eine Flamme sei aus der Röhre geschossen. Schaut sie euch an, die Haare versengt, Lider und Augenbrauen verbrannt. Schaut sie euch doch an, die Ärmste!

Mutter wird vorgeführt. Sie wehrt sich gegen den Jammer von Großmutter und Tante Käthe. Es ist nicht so schlimm, sagt sie. Ich möchte lachen, traue mich aber nicht.

Es wird Zeit, dass ihr euch umzieht, sagt Vater sehr ruhig. Die Bescherung ist auf acht angesetzt, schon wegen des Geigers. Ich kann ihn nicht warten lassen. Wir sollten also um sieben abendessen.

Wo sollen wir bleiben? fragt Lore.

Geht ins Kinderzimmer und spielt, bis ihr gerufen werdet.

Wir setzen uns auf unsere Betten und warten im Dunkeln.

Mutter holt uns. Sie hat sich umgezogen und hat neue Augenbrauen.

Die hab ich mir angemalt.

Beim Abendessen führt Großmutter das Gespräch. Sie findet die Würstchen gut, lobt Mutter für den Kartoffelsalat, der durch eine winzige Prise Zucker erst delikat werde.

Plötzlich läuft sie blau an, greift sich mit der Hand an den Hals, ringt nach Luft.

Der Erstickungsanfall überrascht uns so, dass wir alle wie angenagelt sitzen.

Mutter ist die erste, die etwas sagt: Sie hat sich verschluckt. Mein Gott! Tut doch was!, schreit Tante Käthe. Sie erstickt uns doch. Mein Gott! Lore beginnt zu weinen. Ich möchte schon wieder lachen. Vater schüttelt den Kopf. Großmutter droht zu sterben. Sie verdreht die Augen, sodass man nur noch das Weiße sieht.

Vater steht auf, schlägt ihr mit einer ungeheuren Wut ein-, zweimal auf den Rücken. Es dröhnt, und plötzlich schießt, wie aus einem Kanonenlauf ein Stück Wurst aus Großmutters Mund. Ächzend zieht sie die Luft ein.

Nein, sagt Mutter.

Vater zündet sich eine Zigarette an.

Lore weint.

Ich wage leise zu lachen und Tante Käthe stimmt laut ein. Großmutter sagt: So schlimm hättest du ja auch nicht losdreschen müssen.

Obwohl Großmutter sich noch nicht erholt hat, weiter nach Luft ringt, drängt Vater, den Tisch abzuräumen. Der Geiger müsse gleich erscheinen. Er werde nach nebenan gehen und inzwischen die Kerzen am Baum anzünden.

Ich sitze auf meinem Stuhl und rühre mich nicht.

Du kannst doch wenigstens die Teller zusammenstellen. Mutter sieht mich vorwurfsvoll an. Sie merkt nicht, dass ich eigentlich gar nicht mehr vorhanden bin. Ich werde stumm sein. Stumm und taub. Ich werde die Geige nicht hören und keinen Ton herausbringen.

Gleich ist Bescherung!

Lore rennt hinter Mutter her in die Küche, ich bleibe allein mit Großmutter, die sich nicht beruhigen kann, vor sich hin murmelt, seufzt, sich das Taschentuch vor den Mund hält, mit ihrem Schreck beschäftigt ist, während ich auf meinen warte.

Es klingelt. Es kann nur der Geiger sein. Großmutter ist, ohne dass es mir auffiel, aus dem Zimmer verschwunden. Ich könnte mich verstecken, hinterm Vorhang, unter der Couch. Aber ich sitze, starre auf die Tür, die jetzt auch geöffnet wird, und Mutter sagt mit einer Stimme, die trösten will: Komm, wir warten schon alle auf dich.

Im dunklen Vorsaal steht der Musiker. Er hat die Geige aus dem Kasten genommen. Mutter schiebt mich auf ihn zu. Die Tür zum Speisezimmer wird aufgerissen. Ich sehe die Kerzen brennen, Vaters Schatten, und stehe mit einem Mal vor allen anderen, die auf Stühlen Platz nehmen, wie im Theater, mich anglotzen, auffordernd anlächeln.

Ich höre den Geiger sagen: In der Reihenfolge, wie wir es besprochen haben, nicht wahr?

Der Geiger klemmt sich sein Instrument unters Kinn, schiebt sich noch näher an mich heran, zählt leise: Eins, zwei, drei, und die Geige singt, während meinem Mund ein krächzender Laut entfährt, nicht mehr. Der Geiger bricht ab, sagt sehr ruhig: Wir fangen noch einmal an. Du musst, wie ich dir erklärt hab, nicht laut singen, Bub. Nicht laut.

Ich halte mich an seinen Rat, bin erstaunt, dass ich ihm folgen kann, die Sätze nicht vergessen habe, flüstere einfach mit, schaue auf den Boden, höre jemanden seufzen, singe schneller, als die Geige es will und bekomme einen Stoß in die Seite: Nicht so rasch, Bub! Singe mehr und mehr gegen die Musik, gegen die albernen Zuhörer, gegen Vaters Erwartung, renne zu Mutter hin und werfe mich auf sie, weine, schreie. Es war doch zu viel für ihn. Mutter presst mich an sich.

Schade, sagt Vater, es hätte sehr feierlich sein können.

Der Geiger spielt nun allein weiter, ohne mich. Ich beginne, mein Gesicht gegen Mutters Brust gepresst, zuzuhören und verberge mich, auch nachdem er geendet hat, Vater ihn hinausbringt, Lore schon Geschenke auspackt.

Willst du dir deine Geschenke nicht ansehen?, fragt Großmutter. Mutter lässt mich los. Es ist schon gut, sagt sie. Ich kann mich nicht erinnern, was ich geschenkt bekommen habe, bis auf die alte Ausgabe des „Sigismund Rüstig", denn ich habe den ganzen Abend gelesen, mich gegen alle wehrend, die sich nun um mich bemühen, auch Vater, der sich für eine Weile neben mich setzt, nichts spricht, nur manchmal den Kopf schüttelt. Ehe er aufsteht und zu Großmutter geht, sagt er: Wir hätten uns vorher über alles unterhalten sollen.

Erst als die drei Kerzen verlöschen, nimmt er den Christbaum zu sich herein.

Das Licht war schneller

JOHANNES KUHN

*K*arin war mit dem Zug am frühen Nachmittag gekommen. Als sie ausstieg, bemerkte sie, dass der Himmel sich bezogen hatte. Sie würde sich beeilen müssen, wenn sie den Aufstieg bis zur Hütte noch schaffen wollte. Sechs Stunden etwa brauchte man. Das wusste sie aus den vergangenen Jahren. Die Bahnhofsuhr zeigte 14.30 Uhr. „Ich muss es schaffen", dachte sie. Entschlossen schulterte sie Rucksack und Skier und schlug den Weg nach der Hausnummer 14 ein. Sie kannte die Kronlachners von der Skifreizeit im letzten Jahr. Die Gruppe bekam dort jedes Mal ein kräftiges Tiroler Vesperbrot, um für den Aufstieg gerüstet zu sein. Dieses Jahr hatte Karin ihren Urlaub um drei Tage verschieben müssen. Eine Kollegin war plötzlich erkrankt. Aber nun hatte es doch noch geklappt. Die Müdigkeit der langen Reise von Bremen bis Kirchdorf war in der frischen Luft wie weggeblasen. Kronlachners würden Augen machen.

Wenig später saß sie bei einem Roten und Tiroler Speck der Bäuerin gegenüber. Die schlug die Hände über dem Kopf zusammen, als sie hörte, dass Karin jetzt noch aufsteigen wollte.

„Fräulein, das dürfens net. Das Wetter schlägt um. Seit Tagen spür ich's schon im Knie. Wartens bis morgen. Wir richten Ihnen eine Kammer, und morgen muss der Sepp sowieso hinauf, Fleisch und Butter bringen und die Post. Da gehens mit ihm." Aber Karin hatte sich schon so gefreut, so oft schon hatte sie sich vorgestellt, was die anderen für Augen machen würden, wenn sie zur Hütte hereinkäme, dass sie das gut gemeinte Angebot ausschlug.

„Die Post kann ich dann schon mitnehmen. Aber wenn ich meinen schweren Rucksack hier bei Ihnen lassen dürfte …" Sie hatte es plötzlich eilig. Die paar Briefe und Karten waren schnell verstaut, dazu Schokolade, Apfelsinen, Nüsse und auch das Brot, das die Bäuerin ihr noch zugesteckt hatte. Beinahe hätte sie in der Eile vergessen, die Felle aus dem Rucksack zu nehmen. Ohne diese Felle unter den Skiern würde sie den Aufstieg nicht schaffen. Das wusste sie. Sorgfältig kontrollierte sie noch einmal ihre Ausrüstung. Kurze Zeit später stapfte sie dem Ortsausgang zu. Auf ihrer Armbanduhr war es 15.15 Uhr. Höchste Zeit. Sie legte einen schnellen Schritt vor.

Am Ortsausgang begegnete ihr ausgerechnet noch der Altbauer Kronlachner. Sie dachte an den Zeitverlust, den ihr ein Gespräch einbringen würde, und wollte sich mit einem kurzen „Grüß Gott" vorbeistehlen. Aber da hatte er sie schon erkannt. „Ja mei, Fräulein Karin, wo wollens denn noch hin?" Sie antwortete ihm. Aber er ließ sie kaum ausreden.

„Zu spät, sag i, und das Wetter schlägt um. Es gibt Schnee. Das Radio hats auch gemeldet. Also bleibens. Wenigstens bis morgen früh."

Sie war jetzt geradezu trotzig entschlossen. Darum fiel die Antwort schärfer aus, als sie es eigentlich gewollt hatte. „Ich werde schon selber wissen, was ich zu tun habe. Außerdem kenne ich den Weg noch vom letzten Jahr."

„Ja, bei schönem Wetter. Aber heut, da ists gefährlich. Also, seins vernünftig."

Solche Sätze kannte sie zur Genüge. Vernünftig!
So oft sie es sonst sein musste, jetzt nicht! Abrupt
drehte sie sich um und stapfte mit geschulterten
Skiern bergan. Sie kam ziemlich flott voran. Der
Weg war gebahnt bis zum letzten Bauernhof,
und es hatte seit Tagen keinen Neuschnee gegeben. Nach einer halben Stunde erreichte sie
die Tannengruppe mit dem Wegweiser „Adlerspoint". Er zeigte den Einstieg in den Waldweg
an. Die nächsten anderthalb Stunden würde
es ziemlich steil bergauf gehen. Das wusste sie
noch vom letzten Jahr, und sie erinnerte sich an
die Witzeleien am Anfang und das angestrengte
Schweigen am Schluss, das nur ab und zu durch
ein Stöhnen unterbrochen worden war. Heute
konnte sie selbst das Tempo bestimmen. Das Gefühl, unbeschwert und frei zu sein, und die klare
winterliche Waldluft beschwingten ihren Schritt.
Sie kam gut voran. Sie wusste von früher: An
den Stellen, wo die Lawinenschneisen den
Waldweg kreuzen, musst du aufpassen! Aber

langes Sichern war nicht nötig. Ein Blick ins Tal bestätigte ihr, dass die Lawinen schon abgegangen waren. Sie nahm das alles als freundliches Zeichen für einen guten Verlauf. In dieser Stimmung erschreckte sie auch das Rudel Rehe nicht, das an ihr vorbei zu Tal stob. Wenig später hatte sie den Waldrand erreicht. 17.00 Uhr, stellte sie fest, eine gute Zeit. Besser als erwartet. Grund genug, eine Rast mit Schokolade und Apfelsinen einzulegen. Alles lief nach Plan. Lächelnd dachte sie an die Warnungen der Kronlachners.

Nun galt es, das schwerste Stück in Angriff zu nehmen: den Aufstieg mit Skiern bis zum Hochplateau. Sie löste die Felle, die sie um den Leib geschlungen hatte, und befestigte sie an den Brettern. Dann, nachdem sie sich vergewissert hatte, dass die Fangriemen eingeschnappt waren, schob sie los. Es war dämmrig geworden. Und gerade, als sie aus dem Wald zum freien Hang hinausglitt, fing es an zu schneien. Ganz sachte zuerst. Die Flocken taten dem erhitzten Gesicht gut. Wind kam auf. Er trieb ihr das Wasser in die Augen. Sie zog ihre Schneebrille auf, die sie einigermaßen schützte. Der Schneefall wurde dichter. Sie wusste: Ich muss mich immer aufwärts halten, dann werde ich irgendwie auf den Hohlweg kommen. Langsam brach die Nacht herein. Karin schob die Schneebrille hoch. Mit halbgeschlossenen Augen blinzelnd, tastete sie sich Schritt für Schritt am Hang entlang. Auf einmal merkte sie, dass es unter ihren Füßen steil wurde. Es musste der Gegenhang sein, der in den Hohlweg hineinführte. Sie hoffte es jedenfalls. Das Leuchtzifferblatt ihrer Uhr zeigte jetzt 18.00 Uhr. Der Wind ließ plötzlich nach. Das Schneeflockengewirbel hörte auf, und sie erkannte den steilen Hochweg, der zum Plateau hinaufführte. Der richtige Zeitpunkt, eine Verschnaufpause einzulegen.

Sie überlegte sich, wie der Weg nun weitergehen musste: Zunächst am Rand des Hochplateaus, links an der verfallenen Hütte vorbei, dann an den Pfosten des Viehzauns entlang auf eine Waldgruppe zu, und zwischen diesen Bäumen geradeaus immer bergauf. Ganz genau sah sie den Weg vor sich. So zog sie wieder los.

Die verfallene Hütte war leicht zu finden. Die Pfähle schauten gerade noch so weit aus dem Schnee, dass man sie als dunkle Punkte erkennen konnte. Als sie die Baumgruppe erreichte, setzte wieder dichtes Schneetreiben ein. Es fiel ihr immer schwerer, sich zu orientieren. Bergauf – das ist wichtig, dachte sie. Sie versuchte das Tempo zu steigern. Atemlos geworden, erholte sie sich im Windschatten einer großen Fichte. Zum ersten Mal bedauerte sie es, nicht doch auf die Warnungen der Kronlachners gehört zu haben. Aber zum Umkehren war es jetzt zu spät.

Inzwischen war es kurz vor 20 Uhr geworden. Eigentlich konnte es nun nicht mehr weit sein. „Adlerspoint" lag in einem weiten, freien Gelände am Hang. Die Hütte war sonst schon von weitem zu sehen. Aber heute? Angestrengt blickte sie nach vorn, ob irgendwo im Schneetreiben das Licht der Hütte zu sehen war. Aber so sehr sie auch in die Dunkelheit starrte, durch den unaufhörlich fallenden Schnee war nichts zu sehen. Immer häufiger musste sie Pausen einlegen. Um sich zu beruhigen, summte sie Lieder vor sich hin, die ihr gerade einfielen.

Als es 21 Uhr geworden war, wusste sie, dass sie sich verirrt hatte. Die aufkommende Angst machte sie nervös. Willkürlich schlug sie eine andere Richtung ein. Es schneite und schneite. Jetzt bereute sie, dass sie nicht doch ein Telegramm geschickt hatte. Vielleicht wären ihr die Freunde von der Hütte entgegengekommen. Sicher hätten sie das getan. Ihre Nervosität wuchs. Nur nicht aufgeben, dachte sie. Sie lief und stieg, stapfte und glitt dahin. Plötzlich merkte sie, dass es bergab ging. Das konnte nicht stimmen. Also kehrte sie wieder um. Immer häufiger musste sie Pause machen. Erschöpft stützte sie sich auf ihre Skistöcke. Die schwindende Kraft machte sie immer unsicherer. Sie versuchte es mit Rufen und Schreien. Der dichte Schneefall schluckte jedoch jeden Ton. Warum hatte sie auch nicht auf die gehörte, die doch Bescheid wussten, die das Wetter kannten, die Landschaft, die Schwierigkeiten eines solchen Aufstiegs? Die Selbstvorwürfe häuften sich.

Bei einer Baumgruppe machte sie halt. Es war 23 Uhr. Sie lehnte sich an eine windschiefe Tanne und überlegte, was zu tun sei. Da waren noch die Streichhölzer und vielleicht ein Stück Papier. Also ein Feuer in der Hoffnung, dass … ? Sie versuchte es. Die Verpackung der Schokolade, ein paar alte Rechnungen, die Briefe? Nein, die natürlich nicht. Schnell erlosch das aufflackernde Feuer wieder, erstickt von der Dunkelheit, zugedeckt von den unaufhörlich fallenden Flocken. Wie sollten es die anderen auch sehen, wenn sie nicht einmal wussten, dass da jemand zu ihnen unterwegs war?

Inzwischen saßen sie in der Hütte zusammen. Es war ein Tag mit herrlichen Skitouren gewesen. Nun brannte das Feuer im Kamin, die Holzscheite knisterten und verbreiteten einen harzigen, wohligen Geruch. Der Tiroler Rote tat ein Übriges und die Gespräche hatten jene Weite, die den Alltag vergessen lässt. Pläne für den kommenden Tag wurden geschmiedet, für die nächsten Skitouren, für ein kleines Skirennen. Und dann hatte der Jüngste plötzlich eine Idee: „Ich habe hier ein paar Raketen gefunden. Wahrscheinlich noch von Silvester. Irgendjemand hat sie liegengelassen. Machen wir doch ein Feuerwerk."

„Ein Feuerwerk – für wen?", fragte einer. „Neujahr ist doch vorbei!"

„Für niemand", sagte der Jüngste, der die Raketen gefunden hatte, „für die Nacht, für den Schnee, für den Fuchs und die Hasen, für irgendjemand." Lachend rannten sie nach draußen und brannten die Raketen ab. Viele waren es nicht. Drei Stück. Zischend zogen die Raketen nach oben. Ihr Licht zeigte, wie dicht der Schnee fiel. Als das Feuerwerk erloschen war, schien allen, als sei die Nacht noch dunkler als zuvor.

Bei der ersten Rakete hatte Karin noch gemeint, es sei Einbildung gewesen. Ein Wunschtraum, den ihre Fantasie ihr vorgegaukelt hatte. Aber als dann das zweite und dritte Licht die Dunkelheit aufriss, da wusste sie: Dort ist die Hütte. Dort ist die Rettung. Und den Blick starr auf jene Stelle gerichtet, wo das Licht erloschen war, spurte sie los.

In der Hütte war das Spiel mit den Raketen schon fast vergessen. Der neue Schneefall hatte Begeisterung ausgelöst. Pulverschnee auf allen Hängen – das war genau das, was sie sich gewünscht hatten. Pläne wurden umgeworfen, Skiwanderungen vorbereitet, über die notwendige Ausrüstung diskutiert – da klopfte es plötzlich an der Tür. Sie meinten, sie hätten sich verhört oder jemand treibe einen Scherz. Aber einer, der der Tür am nächsten saß, stand doch auf: „Mal nachsehen, welcher Berggeist sich da ankündigt!" Und er ging zur Tür, schob den Riegel zurück, öffnete und sprang zur Seite, als eine verschneite Gestalt vor ihm zu Boden stürzte. Nach dem ersten Schreck rannten alle zur Tür:

„Karin, wo kommst du denn her?"

„Wie konntest du da durchkommen?"

„Wie hast du das bloß geschafft?"

Später, als sie alle ihre Lebensgeister wieder beisammen hatte, erzählte sie. Sie ließ nichts aus, weder ihre trotzige Reaktion gegen die Kronlachners noch die Hoffnungslosigkeit, in der sie sich fast aufgegeben hatte.

„Wenn ihr nicht gewesen wärt, dann …" Sie vollendete den Satz nicht. Aber jeder wusste, was dann aus ihr geworden wäre.

„Glück gehabt", sagte jemand vom Kaminfeuer her. „Glück?", fragte ein anderer. „Glaubst du, dass das ein Zufall war mit den Raketen?"

„Ich glaube nicht, dass es ein Zufall war", sagte Karin leise.

Draußen schneite es weiter. Unaufhörlich. Es schneite drei Tage und drei Nächte. Im Wetterbericht hieß es: ein Kälteeinbruch. Die Lawinendienste warnten. Die Zeitungen schrieben von abgeschnittenen Dörfern und Hütten.

Der Nachweihnachtsengel

DIETRICH MENDT

*A*ls ich letztes Jahr die Pyramide und die Krippe und die 32 Weihnachtsengel wieder einpackte, behielt ich den letzten in der Hand.

„Du bleibst", sagte ich. „Du kommst auf meinen Schreibtisch. Ich brauche ein bisschen Weihnachtsfreude für das ganze Jahr."

„Da hast du aber Glück gehabt", sagte er.

„Wieso?", fragte ich ihn.

„Na, ich bin der einzige Engel, der reden kann."

Stimmt! Jetzt erst fiel es mir auf. Ein Engel, der reden kann? Das gibt es ja gar nicht. In meiner ganzen Verwandtschaft und Bekanntschaft ist das noch nicht vorgekommen. Da hatte ich wirklich Glück gehabt.

„Wieso kannst du eigentlich reden? Das gibt es doch gar nicht. Du bist doch aus Holz!"

„Das ist so: Nur, wenn jemand wissend nach Weihnachten einen Engel zurückbehält, nicht

aus Versehen oder weil er sich nichts dabei ge-
dacht hat, sondern wegen der Weihnachtsfreude, wie bei dir, dann können wir reden. Aber
das kommt ziemlich selten vor. Übrigens heiße
ich Heinrich"

Seitdem steht Heinrich auf meinem Schreibtisch. In seinen Händen trägt er einen goldenen
Papierkorb, oder vielmehr: einen Müllkorb. Ich
dachte zuerst, es sei ein Kerzenhalter, aber da
hatte ich mich geirrt.

Wenn ich mich über irgendetwas ärgere, hält er
mir seinen Müllkorb hin und sagt: „Wirf rein!"
Ich werfe meinen ganzen Ärger hinein – und
weg ist er! Manchmal ist es ein kleiner Ärger,
es kann aber auch ein großer Ärger oder eine
große Not oder ein großer Schmerz sein.

Eines Tages fiel mir auf, dass Heinrichs Müllkorb immer wieder gleich leer war.

„Wohin bringst du das alles?"

„In die Krippe", sagte er.

„Ist denn so viel Platz in der kleinen Krippe?"

Heinrich lachte. „Pass auf! In der Krippe liegt
ein Kind, das ist noch kleiner als die Krippe.

Und sein Herz noch viel, viel kleiner. Deinen Kummer lege ich in Wahrheit gar nicht in die Krippe, sondern in das Herz des Kindes. Verstehst du das?"

Ich dachte lange nach. „Das ist schwer zu verstehen. Und trotzdem freue ich mich. Komisch, was?"

„Das ist gar nicht komisch, sondern die Weihnachtsfreude, verstanden?"

Auf einmal wollte ich Heinrich noch vieles fragen, aber er legte den Finger auf den Mund.

„Psst. Nicht reden! Freuen!"

Behaltet doch mal einen Engel zurück, wegen der Weihnachtsfreude.

Und spitzt die Ohren! Hört ihr's? „Wirf rein!"

Quellenverzeichnis

TEXTE

Max Bolliger, Il Panettone. Aus: Max Bolliger, Einfach Weihnachten. Geschichten für Dezembertage. Verlag am Eschbach. Alle Rechte beim Autor.

Dietrich Bonhoeffer, Brautbriefe, Zelle 92 (Einführung zu „Von guten Mächten", Auszug). Aus: Ruth-Alice von Bismarck und Ulrich Kabitz (Hg.), Brautbriefe, Zelle 92, Dietrich Bonhoeffer – Maria von Wedemeyer 1943-1945. © Verlag C. H. Beck, 6. Auflage 2010. ISBN: 978-3-406-54440-8.

Dietrich Bonhoeffer, Von guten Mächten. Aus: Dietrich Bonhoeffer, Widerstand und Ergebung. © 1998, Gütersloher Verlagshaus, Gütersloh, in der Verlagsgruppe Random House GmbH.

FOTO

Cover : © Anna Omelchenko/shutterstock
Illustrationen: © alvaroc/Fotolia

Wir danken den genannten Inhabern von Text-
und Bildrechten für die freundliche Erteilung
der Abdruckgenehmigung. Der Verlag hat
sich bemüht, alle Rechteinhaber in Erfahrung
zu bringen. Für zusätzliche Hinweise sind wir
dankbar.